翁源文艺

翁源县文化馆　编

上海辞书出版社

图书在版编目（CIP）数据

翁源文艺 / 翁源县文化馆编 . -- 上海 : 上海辞书出版社 , 2023

ISBN 978-7-5326-6015-5

Ⅰ . ①翁… Ⅱ . ①翁… Ⅲ . ①文艺－作品综合集－中国－当代 Ⅳ . ① I217.1

中国版本图书馆 CIP 数据核字 (2022) 第 238157 号

WENGYUAN WENYI

翁源文艺

翁源县文化馆 编

责任编辑 王 媛
装帧设计 王 正
责任印制 王亭亭

出版发行 上海世纪出版集团
上海辞书出版社（www.cishu.com.cn）
地　址 上海市闵行区号景路 159 弄 B（邮编：201101）
印　刷 四川科德彩色数码科技有限公司
开　本 787 毫米 ×1092 毫米 1/16
印　张 17
字　数 304 000
版　次 2023 年 3 月第 1 版 2023 年 3 月第 1 次印刷
书　号 ISBN 978-7-5326-6015-5/I • 531
定　价 89.90 元

编委会

主　　编：郭晓燕

副 主 编：罗锐诗　刘春林

特约编辑：黄影祥

编　　委：（按姓氏笔画排序）

刘春林　李凤兰　吴化勇　陈艺习

林红娟　林晃奎　罗锐诗　郑立荣

郭晓燕　黄影祥　赖日增

文艺之光照亮心灵

翁源其名，系因山水而得。据明《嘉靖翁源县志》记载，翁源县东有名山，高耸秀拔，顶有灵池，故古名灵池山。昔有二仙翁游息于此，居民饮其水者多寿，故山亦名翁山，水名滃水。县亦以此起名，意为滃水之源。

山既为名山，水既为灵水。自然孕奇产珍，涵灵育秀。因而翁源人文底蕴深厚，自古以来，文臣武将、名人志士层出不穷。晚唐有“与曲江公岿然并存”的岭南五才子之一的邵谒，其三十二首诗作收录于《全唐诗》中；宋代有理学名臣、父子进士梅鼎臣、梅佐，享誉朝野；明代有抗倭将军陈璘，露梁一战展神威，名垂千秋。

当前，我县文艺事业在县委、县政府的正确领导下，取得了很好的成绩。县文化部门因势利导，进一步支持《翁源文艺》的继续发展。我县广大文艺工作者也奋发进取、热情高涨，积极投身到文艺创作中来，以实际行动做社会主义核心价值观的践行者、推动者和引领者，创作的文艺作品主旋律响亮、正能量强劲，佳作涌现，可喜可贺。

《翁源文艺》的编纂宗旨为：立足本地，服务社会，培育新人，雅俗共赏。好的文艺作品，从小的方面看，可以修身养性，陶冶情操；从大的方面看，可以移风易俗，引领社会风气。所以，《翁源文艺》承担着一种历史使命：为我县培养文艺新人，让文艺之光薪火相传。这也是我们共同的义不容辞的责任。

归根到底，衡量一个时代的文艺成就最终要看作品。习近平总书记在全国宣传思想工作会议上指出，要引导广大文化文艺工作者深入生活、扎根人民，把提高质量作为文艺作品的生命线，用心用情用功抒写伟大时代，不断推出讴歌党、讴歌祖国、讴歌人民、讴歌英雄的精品力作，书写中华民族新史诗。所以，希望我县文艺工作者，牢记总书记的谆谆教诲，再接再厉，放飞斑斓思绪，尽情编织文艺之梦，让翁源的山山水水、美丽乡村、繁荣市镇、人民美好生活场景，一一在您五彩的笔下呈现。

让文艺之光照亮心灵！

· 目　录

· 前言

· 青云山下

· 仙邑兰馨

• 九仙传说

• 文史钩沉

• 客家艺苑

• 青出于蓝

• 他山之石

• 书堂古韵

诗　词

文　赋

楹　联

2022 年新春春联征集评选活动获奖作品

• 书画金石

• 摄影园地

青云山下

山更青、权更活、民更富

——翁源县开展试点林长制实现林长治工作纪实

黄影祥　赖繁石

片片白云峰顶上，潺潺溪水山下流，处处青山披绿装，千林竞秀百鸟飞。

这是对粤北韶关翁源近年开展试点林长制工作成效的生动描写，也是该县“创建国家森林城市，建设生态兰韵翁源”的一个缩影。

最近，翁源县召开了2022年林长制工作领导小组第一次会议暨创建国家森林城市工作会议。会议总结2021年林长制工作并部署了2022年工作。县委书记高忠在会上指出，林长制工作是生态文明建设领域的重大创新，是一项具有必要性、现实性和长期性的战略任务，是推动林业治理能力现代化的重要抓手。

2019年，翁源县入选省全面推行林长制的试点县名单。2020年7月，省林长制试点工作推进会在翁源县召开。翁源县以入选省级林长制试点县为契机，做深做细做实林长制改革，全面加强森林资源管理，走出了一条由“山定权、树定根、人定心”向“山更青、权更活、民更富”方向转变的新路子。目前，全县林地面积达221.8万亩，森林蓄积量达1172万立方米，森林覆盖率达73.5%；江尾镇被评为“广东十大绿美森林小镇”，江尾镇东鹊村、龙仙镇青云村、翁城镇沾坑村、坝仔镇中洞村获得“国家森林乡村”荣誉称号。

一个山区林业县竟有四个村获得国家级殊荣，一个镇获得省级殊荣，这其中有何奥秘？近日，笔者走进绿色之城——翁源一探究竟。

设立四级林长，实现林长制体系全覆盖

分级设立林长。按照“属地管理，分级负责”原则，确定了10名县级林长、114名镇级林长、316名村级林长和1982名村小组级林长，初步构建起“责任在县、

运行在镇、管理在村”的森林资源管理新机制。同时，着力细化管护网格，推行林长、监管员、护林员的“一长两员制”，设立镇村监管员851人、专职护林员218人，切实管好“最后一公里”。

划定林长责任区域。各级林长的责任区域按行政区域划分，覆盖至每个山头地块。县级林长责任区域以镇为单位，镇级林长责任区域以行政村为单位，村级林长责任区域以村小组为单位，村小组级林长责任区域以山头地块为单位，国有林场及自然保护区、森林公园等自然保护地按属地管理原则由同级林长负责，实现每块林地有专人专管。

明确林长职责内容。该县坚持党政同责、分级负责的原则，要求各级林长定期开展巡林。县级总林长、副总林长每年不少于1次，其他林长每年不少于6次、每2个月不少于1次。镇级林长每季度不少于1次、第一副林长每年不少于6次、副林长每月不少于1次，村级林长每月不少于2次，护林员每周1~3次，特殊情况加大巡林频次。2021年，全县各级“一长两员”开展巡林4.3万多人次，发现问题83个，解决81个。

李建炉是该县江尾镇径群村的护林员兼任江尾镇护林队长，从事护林工作已有16年了。像其他护林员一样，在防火期，他每天先去自己的林业辖区巡查一番，然后到镇上林业站上班，协助全镇的护林工作。绿水青山的背后，是每位护林员扛起肩上沉甸甸的责任和默默付出。遇上森林火灾，他们总是冲锋在前。大年三十除夕夜如果接到火警，他们也是晚饭未吃就去打山火了。

“四大工程”治林，保障林业高质量长远发展

实施“护林”工程。严格落实韶关市《森林防灭火工作二十三条》，设立森林防灭火检查站点366多个，严禁火种进山入林，发放森林防火宣传物品28万份，查处野外违规用火56宗。2021年，实现重特大森林火灾、违规炼山案件零发生。2021年，投入820万元对染病的马尾松树林进行喷药防治和清理病枯死木，实现了“抓好一把刀，守好一寸土，防好一把火，除好一条虫”的工作目标。

实施“增林”工程。深入推进林业增绿增效行动，着力抓好碳汇造林工程和高质量水源涵养林建设，力促“造林一片、成林一片”。2021年，生态修复高质量水源林造林1.26万亩，实现森林抚育5.7万亩、大径材培育4000亩、封山育林1.3万亩。全县完成桉树退出面积3.7万亩。大力开展义务植树，2021年，全县完成义务植树

19.5 万人次，植树 97.5 万株，义务植树尽责率达 95.2%。坚持山水林田湖草综合治理，统筹中央造林补助资金、省级碳汇造林专项资金、市级节能减排资金等，积极实施山水林田湖草生态修复工作，顺利落实第一批山水林田湖草生态保护修复试点项目，扎实推进第二批试点项目申报工作。

实施“管林”工程。在“广东省森林资源监测平台”融入视频监控和护林员巡护系统。安装视频监控系统，包括 46 套视频前端设备和 3 套后台服务器，可监控全县约 85% 的森林区域。护林员通过巡护系统，将发现的问题随时发送到区域林长手机终端，形成全县森林资源“一张图”“一套数”的动态监测体系。实施森林警长制，制定《翁源县森林警长制工作实施方案》，加大对破坏森林资源案件的查处力度，切实维护林区和谐稳定，2021 年共立各类林业案件 36 宗。

2022 年清明节期间，江尾镇东鹊村护林员曾德聪和本村 3 名护林员加大了巡查力度，在进山路口设立检查点，制止带火扫墓行为，提醒村民文明祭扫，保护森林。每天上午 8 点，他们穿上布鞋，挎上水壶，提着一把镰刀上山巡查。累了，就吃几块饼干等自带的干粮，这已经成了曾德聪和队友们的日常习惯。他们四人负责监管的林区共有 10 万亩，监管山林用火、林木砍伐、林地占用等情况是他们的工作职责。看着林区逐年长大的小树和郁郁葱葱的森林，曾德聪和队友心里充满了成就感。

实施“用林”工程。落实承包林地所有权、承包权、经营权“三权分置”，加强林权流转平台建设，规范流转林权 66.2 万亩。因地制宜发展“林下经济”，2021 年林下经济建设面积达 28.35 万亩，总产值达 15.37 亿元，林农年人均增收 2000 元，有力助推了乡村振兴。大力推广碳排放权交易等市场化生态补偿机制，2021 年全县共有 11 个省定贫困村完成了林业碳普惠项目，碳普惠核证减排量合计 29.72 万吨，碳普惠收入达 676.26 万元。发展以生态观光、休闲度假为重点的森林旅游业，成功创建国家 4A 级东华山风景区、青云山省级自然保护区、青云山省级森林公园等自然生态景观。

完善组织制度，构建森林保护发展管理新机制

建立林长会议制，协调解决林业问题。县、镇建立林长会议制度，与会成员由林长和成员单位主要负责同志组成，明确原则上县级会议每年召开 1 次、镇级会议每季度召开 1 次，协调解决森林资源保护发展中的重大问题。2021 年，召开县级林长会议 3 次，推动高质量水源涵养林、桉树退改、病虫害防治、森林防火、创建国

家森林城市等工作落实，研究解决了在镇村级开展林长制工作和信息化管理平台建设等系列问题。

建立巡查督办制，确保林长职责落实。组成联合督查组，加强对林长制实施情况和林长履职情况的督促检查，对任务完成不力的进行问责。同时实行督查信息定期通报，对林长制工作中的先进经验、典型事项、重大问题等，以工作简报、工作专报、网络发布等形式通报。2021 年，印发简报 7 篇、专报 2 篇，督促提醒单位 11 个次。

建立年度考核制，激励林长担当作为。以守住森林资源“红线”“底线”为目标，建立林长制考核办法，纳入年度绩效考核的“五个竞赛”考核项目之中，进一步调动各镇、各有关单位推进林长制工作的积极性。同时，实行森林资源管护工作考核，将资源管护承包给 8 个镇和 2 个自然保护区，实行每月考核，根据考核结果拨付管护费用。

据林业局局长甘仕明介绍，全县林地经营方式丰富多样，在积极发展商品林的基础上，积极推动经济林种植加工、林下经济、森林旅游等相关产业的发展。初步形成了林下种植、林下养殖、林下采集加工、森林旅游等四大类型齐全的林下经济发展模式，和林药、林菌、林茶、林果、林禽、林蜂、林畜、林笋、林脂、林游等十大林下经济经营种类，林业在乡村振兴中正逐步发挥积极作用。林蜂模式是指在林下箱养蜜蜂，这种模式所产蜂蜜质量好，深受市场欢迎。林游模式主要是指发展集林下休闲、餐饮于一体的森林旅游，促进由“砍树致富”向“看树致富”转变，实现森林资源和旅游资源的可持续发展。

全县现有油茶种植面积 1.82 万亩，年产油茶籽 460 吨、茶油 120 吨。林下种植草珊瑚等中草药 18 种，种植面积达 0.68 万亩。竹林总面积达 14.8 万亩，年产大径竹 240 万根、杂竹 3.5 万吨。利用林地种植茶叶 0.8 万亩、水果 5.4 万亩。

全县林长制工作与创森工作同部署、同推进。林长制工作做好了，也给全县创建国家森林城市、推进旅游工作带来了许多喜人的变化。翁源县翁北森林生态旅游线路、翁源县翁东森林生态旅游线路入选广东省森林旅游特色线路。2022 年 3 月，在省林业局、省文化和旅游厅认定的第一批“南粤森林人家”中，翁源幽兰实业有限公司、翁源县九曲水生态旅游度假有限公司、翁源县客家大院餐饮有限公司 3 家企业名列其中。翁源旅游工作蓬勃发展，游客纷至沓来。

在 2022 年 3 月召开的翁源县林长制工作领导小组第一次会议暨创建国家森林城市工作会议上，县委书记高忠强调，要狠抓工作落实，确保林长制各项任务如期完成并取得实效。全县各级各部门要始终坚持目标导向、问题导向、效果导向，强化组织领导，严格督察考核，加强宣传引导，确保各项措施落地见效，推深做实全面推行林长制各项工作任务，不断提升全县绿色发展水平。

作者简介：

黄影祥，韶关市文艺评论家协会翁源分会主席，翁源县作家协会主席，翁源县非物质文化遗产保护专家委员会专家委员。《翁源文艺》编辑部主任。

赖繁石，翁源县林长制办公室负责人。

文德兴县，产业富民
——记翁源经济开发区文学创作采风

陈华锋

2021 年 12 月 4 日，冬日的暖阳普照大地。我习惯在清晨给兰花喷水以洗去叶瓣上的尘埃。我正欣赏着兰花质朴文静、淡雅高洁的气质——气如兰兮长不改，心若兰兮终不移，耳边传来“学习强国”里的新闻，这又让我思考起了富民强国之道。

在听新闻的间歇，我接到黄影祥主席的电话，说是今日去翁源经济开发区参观官渡、翁城产业园区。于是我提起挎包，和翁源作协、翁源评协的同仁随黄主席出发，首站是位于官渡镇的立华牧业有限公司。

这是一家集科研、生产、贸易于一身，以优质草鸡养殖为主导产业的一体化农业企业。

立华牧业是上市公司，规模非同一般，农牧业产品销往大江南北。猪肉在中国人的饮食结构中占有重要地位，人们也对猪肉的价格非常敏感。这几年猪瘟等原因导致猪肉价格大起大落，牵动着消费者的神经。为了保障国民吃到价格稳定的猪肉，2021 年 1 月 8 日生猪期货在大连商品交易所上市，服务于国家经济建设大局。在这一背景下，立华牧业也投入了生猪养殖，其所担负的社会责任远大于其本身的经济利益考量。立华牧业的优势是草鸡养殖，在雪山鸡、乌骨鸡、中速鸡系列，以及商品鹅等产品上深耕多年，依托科技创新，从源头上把控质量，确保了产品的安全优质。立华牧业门口除了货车专用进出通道外，还有人员进出通道。人员进出通道两头有透光帘子遮挡，通道通过栏杆阻隔呈“之”字走向，上方还有吹风口喷出白色气体进行消毒净化。细节彰显品质。

我们在公司会议室听陈国善经理介绍公司概况后，实地参观了公司的污水处理设施。据了解，经处理后的水，水质可以达到循环使用的标准。农牧业是社会的基础，立华牧业为翁源的就业，为珠三角地区的生鲜保供作出了巨大的贡献。而工业是社会的桥梁，跨越贫困、落后走向富裕和文明。翁源官渡的旭飞电子有限公司，就是一家高新科技企业，为翁源的工业振兴注入了勃勃生机。

在旭飞电子有限公司，我们看到了集成电路的制造过程。先进的设备、繁复的工序、精密的仪表让人目不暇接。2013 年，我国集成电路进口额达 2313 亿美元，超过石油，成为第一大进口商品，其相关产品关系到国计民生和大众生活，是我国最热门的行业之一。近年来，各国之间的贸易战愈演愈烈，而贸易战集中在高科技领域，如 2019 年美国对华为禁售事件等。国家高层也意识到了我国在高科技领域的短板，下决心投巨资集中各方面力量解决这一“卡脖子”的难题。旭飞电子有限公司正是在这样的时代背景之下生存与发展。

翁源地处珠三角一隅，很早就领受了开发开放带来的红利，也很早就接触到了半导体这些新商品，但是投入集成电路生产却是近年来才开始的。被誉为工业皇冠上的明珠的集成电路的制造不仅门槛高、知识密度大，还需要有雄厚的资本，要经受激烈的竞争角逐。旭飞电子有限公司无疑为翁源加入集成电路这条新赛道并奋起直追提供了新契机。“李径桃蹊次第开，秾香百和袭人来。春风欲擅秋风巧，催出幽兰继落梅。”苏辙的《幽兰花二绝（其一）》诗道出了兰花的时令。时势造英雄，产业也因时势而兴。驱车离开旭飞电子，在我们感叹半导体兴起之际，翁城镇的幽兰谷风景区吸引了我们的注意力。幽兰谷风景区是 AAA 级风景区，这里有曲折回廊、亭台轩榭，处处鸟语花香，尤其是兰香沁人心扉。采风中途的小憩扫除了旅途的劳累，让人神清气爽。兰花种植产业在翁源方兴未艾，借着电商的春风走向大江南北、走向海外。

午饭后，我们走进了远近闻名的华彩新材料产业园。国家产业布局变化的时势“催出幽兰继落梅”。时代的发展使得位于珠三角北端、南岭山脉南麓的幽兰之县——翁源更具有独特的地理、经济、人文优势。广东华彩新材料产业园是翁源县抢抓省进一步促进粤东西北地区振兴发展机遇，围绕市委市政府主动融入珠三角发展战略，与广东鸿盛集团有限公司共同打造的环保新材料产业园区，目前入驻了立邦、彤德、五羊、欧文等知名企业 40 多家。

参观后，我感到华彩新材料产业园是美丽健康生活的创造者、维护者，其产品依托高科技研发，并贯彻环保的理念，服务我们生活的方方面面。当行业的“风口”从珠三角前沿转移到南岭南麓的翁源县，我们紧紧拥抱了行业发展的“风口”也就等于点亮了创业兴县富民的星星之火。

我们习惯于关注制造业中的明星企业，却往往忽视了这些明星企业的孵化机制。“天时不如地利，地利不如人和”，不可忽视的是，人文因素在优秀企业的孵化中起着决定性的作用。华彩新材料产业园筑巢引凤、孵化优秀企业的尝试是成功的。

同在翁城镇的翁源万洋众创城也在招商引资和孵化优秀企业的大潮中崭露头角。

翁源万洋众创城与珠三角企业合作布局制造业，这里有人力成本、政策扶持的优势，有利于企业合作共赢。张汝京的台积电和万洋众创城殊途同归，都是为了减轻企业的负担，为企业提供优质的服务。如果说独占鳌头的晶圆制造企业台积电创始人张汝京创造了代工厂模式，汇聚资源，大大促进了芯片业的发展，那么翁源万洋众创城则提供了“此厂安处是吾乡”的创业基地，为各中小企业提供了由栖息到腾飞的空间。在翁源崇文德的人文环境中，以 4 家企业为代表的翁源产业不仅优秀，也还年轻，在翁源产业政策的扶持下和翁源经济开发区的优质招商服务中，一定能够获得更好的发展。

我们热情地邀请更多优秀企业来到翁源，在这里孵化发展、做大做强。行而不辍，未来可期。

写于 2021 年 12 月 12 日

作者简介：

陈华锋，翁源县作家协会理事，翁源县龙仙中学教师。

翁源文化的恢宏审美书写

温阜敏

何时何故，心中生出千缕爱？那年那人，山前种下一枝春。当我翻开黄影祥君送来的一摞100多万字的书稿，心中油然泛起这么一联老对子。是的，煌煌一套十册的“翁源文化丛书”，刷新了我们对翁源古邑的认知。这是一项意义非凡的翁源文化系统工程结晶。丛书的隆重问世，应该是主编与他的团队的高光时刻。

一、发掘和书写翁源文化之美

八泉润泽，滃江滋养。历史悠久的翁源，是人文昌盛风光旖旎的风水宝地。茨威格在《人类群星闪耀时》中认为：“在历史中也像在艺术和生活中到处遇到的情况一样，那些难忘的时刻并不多见。一个真正具有世界历史意义的时刻，必然会有漫长的岁月无谓地流逝。”源远流长的岭南历史出现过哪些有意义的时刻？要能回答这个问题，就需要有心人留住那些难忘的时刻。当翁源的群星闪耀时，“全国文化能人”黄影祥站了出来。这是一个支点型的基层文化工作者，这个乍看身材瘦小羸弱的人，蕴藏着炙热的正能量，完成了一项意义重大的文化工程。

黄影祥编撰的首套“翁源文化丛书”书稿

主编黄影祥是韶关市文艺评论家协会翁源分会主席、翁源县作家协会常务副主席、翁源民协负责人、《翁源文艺》编辑部主任、翁源县文化馆编剧，曾获“全国乡村文化和旅游能人”“广东省基层宣传文化能人”“广东省优秀民间文艺家”等荣誉称号。黄影祥从事书刊编辑工作多年，有丰富的编辑、写作经验。通过20多年的搜集整理，呕心沥血，终于完成首套“翁源文化丛书”的编撰。他的经历正应了贝多芬的一句名言：“卓越的人的一大优点是：在不利和艰难的遭遇里百折不挠。”

丛书包含了《翁源县戏剧作品选》《翁源县非物质文化遗产》《翁源文史钩沉——古镇、古村、古遗址、古物、古人、古事》《翁源民间故事》《翁源县音乐作品选》《翁源儿歌》《陈璘故事》《邵谒传奇》《八泉文学》《翁源文艺作品选（唐朝—2021年）》，所涉文献最早可追溯至南北朝时期。囊括客家县域文化之文学、非遗、戏剧、民间故事、音乐、儿歌、书法、绘画、雕刻、剪纸、摄影、名人介绍等；文体有散文、小说、纪实文学、诗词、评论、故事等。题材多向性，体裁集束性，文本多样性，是泱泱集大成的丛书。

作为一项文化系统工程，该丛书的完稿具有多重价值。第一是全面介绍了翁源的文学艺术、民风民俗，是翁源县新的文化名片，有助于翁源县的宣传推介。第二是创新地梳理县域乡土的具有代表性的文化现状与遗产，时间跨度几千年，覆盖翁源城乡，系统而全面。名人、达人事迹详实而丰富，是翁源文化的“百科全书”。编著者用心设计，用情书写，用力创作，发掘了翁源文化之美，激活了翁源文化资源。第三是在建党百年的特殊时刻，献给党和人民的宝贵的精神财富。

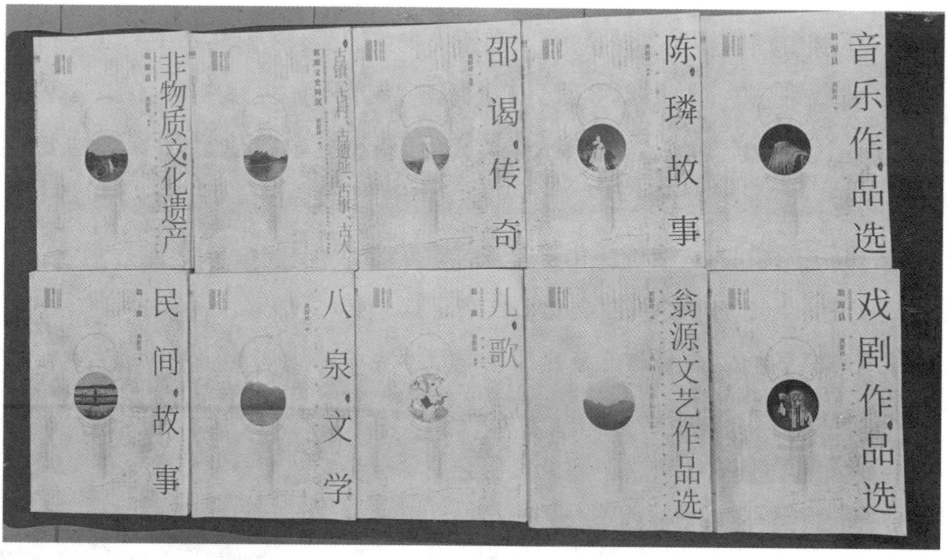

黄影祥编撰的首套“翁源文化丛书”书稿

二、本土语境里的翁源叙事呈现

诗人纪伯伦说："不要因为走得太远，忘了我们为什么出发！"作为土生土长在翁源的编著者，黄影祥饱承八泉山水惠泽，为脚下的土地背书，赓续故园的历史，写照今日家乡的巨变，他的这部丛书呈现了较为系统的翁源文化叙事，可谓初心使命双达。因此，丛书既是传承翁源文化的乡土教材，也是培养爱国主义，学习党史、新中国史、改革开放史、社会主义发展史等的好教材。

《翁源民间故事》收有神话传说、传奇故事、动植物故事、生活故事、才子佳人故事、公案故事等，这些都是翁源人童年的启蒙故事，是八泉乡土的原初集体记忆。该书留下民间想象的原初印记，为后人带来早期的真善美的素朴熏陶。该书还收有乡亲们耳熟能详的儿歌，共计100多首。既有古代翁源客家山歌中的儿童歌谣，也有新民主主义革命时期的少年儿童红色歌谣，还有新中国成立后各个时期流行的童谣。这些童谣儿歌是童年翁源的青梅竹马，陪伴了一代代翁源人。

邵谒像

央视《中国影像方志》栏目组2019年1月21日在翁源县剧团拍摄《邵谒传奇》戏剧（编剧：黄影祥，表演：翁源龙仙第四小学）

《邵谒传奇》复活了唐代才子邵谒的生平。书稿以戏剧为主体，形式包括校园剧、情景剧、广播剧、采茶戏，另外收入省市知名文艺评论家对邵谒题材戏剧的评论。在演出该剧本时，情景剧《邵谒传奇》、采茶戏《揭榜前夕》等用三面艺术墙再现了邵谒的品格和人生经历。先贤读书的认真执着、为官的清廉不阿、为人的正气洁净，都

中央电视台播出黄影祥在龙仙第四小学讲陈璘故事

是值得后人效仿继承的人格特征。

《陈璘故事》搜集了60多个故事，背景涉及陈璘出生地翁源和到过的云安、英德、罗定以及广西、贵州、云南、京城等地方，当然少不了他指挥的露梁海战的发生地朝鲜露梁海峡。这些有别于正史的民间叙事，从民间想象的角度，塑造了明朝抗倭名将陈璘将军的光辉形象。从歌颂其少怀大志聪慧过人，到赞叹他武艺高强、足智多谋；从称赞其尚武报国、为民请命，到颂扬他忠贞不渝、品格高尚。有了历史文化想象，加上民间体验的情感，陈璘的形象生动鲜活，更加亲民，更有感染性。

这些故事与传奇立足于本土历史资源，展开艺术想象，丰富了民众的精神世界，活化了原本记载甚少的历史人物形象。这些都是在本土语境里的翁源叙事呈现。

三、翁源文化的审美与历史主义的解读

从书具有值得重视的文学价值、艺术价值，所选历代文艺类佳作，多为以小见大、以简驭繁、融俗入雅、笔法敦厚、文辞隽永、意蕴丰实之作。

书堂石

《翁源文艺作品选（唐朝—2021年）》精选唐朝以来的书法家、画家、文学家等的文艺作品。包含文学、书法、绘画、剪纸、雕刻等类别。从鼎盛的大唐延续到当下的民族复兴新时代。该书展示

了翁源文人墨客的经典不朽，仙邑文艺流脉清晰，古县的人文历史璀璨夺目。

丛书又具有历史文献价值与文史积淀意义，是翁源史不可或缺的重要篇章。党的十八大以来，以习近平同志为核心的党中央从留住文化根脉、守住民族之魂的战略高度关心和推动文化和自然遗产保护工作。保护好、传承好、利用好这些宝贵财富，是我们的共同责任，是人类文明赓续和世界可持续发展的必然要求。在这方面，《翁源县非物质文化遗产》与《翁源文史钩沉》作出了地域性努力与贡献，具有重要的史料价值与文化价值。

《翁源县非物质文化遗产》全面介绍了翁源全县的23个非遗项目，其中2个省级非遗项目、7个市级非遗项目、14个县级非遗项目，展示非遗图片100多张。是对心灵故土、精神家园的重构，可谓关于乡土文化的教科书。

《翁源文史钩沉》网罗了翁源悠悠千年历史的文物与人物，举凡古邑之古镇、古村、遗址、古物、古人、古事，无不进入视域。那些往昔瞬间的涓涓细流和远古长河里的滚滚巨浪，都被重新作了历史主义的解读。

这些由翁源后学发掘整理而成的翁源文集，最大限度做到了资料的还原保真。编著者见识高明，行文脉络清晰，文章信达到位、意蕴丰厚。不啻风土人情、民俗民风的文字博物馆，俨然翁源的精神图谱、心灵原乡。

四、翁源传统文化为体，进步精神为魂

作为首套翁源文化丛书，该丛书是又一个八泉文化的优质载体。丛书所载名人事迹翔实而丰富，既有古代的，也有近现代的。如唐朝诗人、被称为“翁源诗祖”的邵谒，明朝抗倭名将、民族英雄陈璘将军，北宋理学名臣梅鼎臣、梅佐，清朝大学士李林等，现代油画大师涂志伟、剧作家郭福

黄影祥在全国乡村文化和旅游能人颁奖仪式上

平等，都有列叙。该丛书以翁源文化的进步精神为魂，重视文化的正面性与正能量弘扬。

滃江滔滔，文曲不辍。《八泉文学》继往开来，展示了翁源作协近5年来的优秀文学成果，收入80多名会员写的讴歌翁源的新作，有散文、小说、现代诗、纪实文学、古体诗词等文体。这些站在翁源历代乡贤肩膀上的新晋作家们，创作都能植根现实土壤，关心百姓生活，反映当下社会，讴歌乡土风貌，抒发真挚情感；作品或细腻曼妙，或壮美崇高，在文学的话语里深植有人性温度的灵魂。

《翁源县戏剧作品选》集中敲响表演艺术的锣鼓，全面介绍了1949年以来翁源戏剧发展概况，展示了翁源戏剧发展成果。从采茶戏、小戏到小品、表演唱等，40多部优秀戏剧作品争奇斗妍。客家翁源是戏剧文化之乡，有着浓厚的戏剧氛围，不大的县却有着数十支民间文艺队，常年演戏，作品讴歌新时代、歌颂真善美，深受群众喜闻乐见，粉丝众多，翁源文化通过舞台得到了更大范围的宣传和沉淀。此书的编撰，弘扬了客家戏剧文化，在观众心中种下艺术的种子，亦可为民间戏剧队伍提供专业用书。

《翁源县音乐作品选》收录全县在国家、省市级比赛中获奖的歌曲，既有原创歌曲、改编歌曲，又有客家山歌以及全县数十间学校的校歌。这些音乐作品讴歌新时代、新生活、新面貌，讴歌党的强国政策、富民政策、扶贫政策。书里介绍了这些作品的歌词、歌谱以及创作背景，对民乐也作了系统介绍，甚至计划随书赠送一张优秀作品的音乐光盘。音乐以抽象的形式隐喻生命的某种体验。此书所收作品与翁源人民的生命体验息息相通，是翁源文化的音响艺术载体。

黄影祥团队所编的十本书充满了浓郁的翁源本土文化气息，有着历史与现实的交汇、重构与原生的交织，对生命与社会进行了反思，表现了人与乡土、自然的和谐关系。读着这些被岁月温暖的文字，读者会对新时代有更多感受与思考。

翻阅丛书，如履滃江之源，感受千载沧桑；如闻佛言：一切依业轮回，生命流转。其实，八泉水川流不息，每天都是新的。所以，作为一项意义非凡的系统文化工程，作为具备真善美底色的丛书，它是不可替代的文化资源积淀。以它广阔坚实的张力，委实是一个开放的文化场（失误疏漏难免，还可在修订再版时补正补足）；同时也是一个继往开来的文化枢纽，为翁源文化的进一步建设开了新局。众志成城，使命必达，我们要实现中华文化的创造性转化和创新性发展，进一步传承与建设有中国特色社会主义新文化。在这个意义上回看丛书，时莫应焉，功莫大焉。

2021 年 7 月 21 日于韶关学院教师公寓

作者简介：

温阜敏，广东梅州梅县区人。知名文艺评论家、作家。广东省文艺评论家协会理事、中外散文诗学会广东分会副主席、广东省散文诗学会副会长、广东省作家协会会员、韶关市文艺评论家协会主席、广东省文艺评论（韶关文联）基地副主任。曾任韶关学院文学院副院长。

· 仙邑兰馨

这一程山水

丘尾菊

不是所有的一切都会随风而逝
必定有些许光影在心头潋滟

跋涉中偶遇的花开
疲惫里撞见的童年
心灰意冷下太阳的抚慰

从小小村镇走向广阔天地
我像是一封寄往天涯的信
一旦投递，便不能返回
注定此生只能漂泊

总有一些故事揉进皱纹
爱过，又远去的人
跌倒时无声伸过来的手
熟悉，却早已冷清的小街

总有一些美好足够感动
白云流过我的指缝
夕阳倾听我的悲伤
办公室里抬头就能看见一树葱绿
枝头清澈的鸟鸣

我写尽风霜与梦想，写尽繁华与苍凉
没有一首诗能承载这满腔炽热
我想我已得到春风的允许
成为一棵野草
茁壮在山之幽，水之曲

作者简介：

丘尾菊，韶关市文艺评论家协会翁源分会副主席，韶关市文艺评论家协会会员，韶关市作家协会会员。

罗江[1]香雪

黄凤娣

那是白云投下的影子
那是月亮洒落的清辉

一场花事在田间地头山坡上轻轻地铺开
一场羽被覆盖蛰伏三华李树枝上的叶芽

铃铛串串，琼花簇簇
宛若星子眼睛，清澈明亮
宛若凌波仙子，素洁高雅

一朵琼花飘进书堂[2]，赋诗填词传来琅琅书声
一朵琼花飘进美术馆[3]，挖掘绘画历史惊人场面
一朵琼花飘进庄稼人的心海，仿佛看见丰收的希望

听闻罗江有你
我跋涉千里，只为目睹
你那被和风细雨涤荡过的
你那被桃花和碧草熏染过的
你那用金黄色的蜂蜜做成的
春天的肌肤，柔体和净骨

注：

①罗江：滃江三华段的别称。

②书堂：指翁源三华书堂石。

③美术馆：指翁源涂志伟美术馆。

作者简介：

黄凤娣，翁源县作家协会会员，在《季风》《翁源文艺》《书堂石》及今日头条、八泉文化网等媒体上发表文学作品数十篇。

五月礼赞

陈小勇

汗水在明媚的阳光下出现在劳动者的额头。
温暖的春天渐渐离我们远去，
五月，正以崭新的姿态，
从迷人的风景中向我们走来，
粉红了岁月，嫩绿了枝丫，鲜活了季节。

五月带给我们诗情画意，
我们轻享细细的和风，
我们触摸暖暖的阳光，
五月，播种希望，
五月，幸福流淌。

五月的光辉映一方青青翠翠的世界，
在清风碧水间尽情绽放，
涌动着绚烂旖旎的希望和美好，
焕发着青春，散发着活力，
缤纷奔放！

作者简介：
陈小勇，翁源县作家协会秘书长。

穿越岁月的河流

——关于痛苦与快乐、爱与恨、得与失、生与死、选择与放弃之感悟

陈水晶

一

一个人总要走陌生的路，看陌生的风景，听陌生的歌。

我们不停地奔波、劳碌，走过也停留过，快乐着也疲惫着。无论岁月的河水有多深，有多急，都要去穿越。

岁月流逝，回首过去，从幼稚走向成熟，多少梦破梦圆都随风而去，留下的是厚厚的人生积淀。

二

穿越岁月的河流，我们知道，生命里有我们开心的笑，也有我们流过的泪。

人的心房往往住着两位客人，痛苦与快乐。如果你太快乐了，可能会吵醒睡着的痛苦；当你痛苦时，快乐也可能随时降临到你身上。

快乐难免悲伤作陪，雨过应该就有天晴。如果雨后还是雨，如果忧伤之后还是忧伤，那么请让我们从容面对，相信阳光欢笑总会陪伴着你。

生活的片段像是插花，不同的天气，不同的季节，不同的心情摆出的是不同的风格。生活也是色彩斑斓的，赤橙黄绿青蓝紫，哪一种都不可缺少。

春天的和风，夏天的烈日，秋天的阴雨，冬天的白雪，在生命中替换着颜色。

这是生命的颜色。我们在这种颜色的替换中，填补着自己，走出更精彩的人生来。

三

穿越岁月的河流，我们懂得，爱与恨是一对孪生姐妹，有多少爱，便有多少恨。

爱便是恨，恨便是爱。恨了一辈子，其实是爱了一辈子。若爱中无恨，便不成真爱，一如爱无痛苦便不会刻骨铭心。

爱过了，痛过了，随时间的流逝，留下的应该只有美好。偶尔回味一下，也是人生路上的一笔财富。

珍惜爱你的人，不管是亲情、友情还是爱情。珍惜你所爱的人，即使曾经伤害过，误会过，难受过。珍惜生命中的一草一木，一点一滴，珍惜身边已有的、属于你的缘，放过那些强求的、不属于你的缘。

心有真情本非凡，天地之间独超然。

多点爱，少点恨，让内心充满人性的温情，让世界充满爱。

四

穿越岁月的河流，我们感悟，人在一生中，得与失常常发生在一念之间。

到底要得到什么？到底会失去什么？随着年龄的增长，阅历的充实，我们应随时调整自己对生命的期待：该得的，不要错过；该失的，洒脱地放弃。

失去太阳，可以欣赏满天的繁星；失去绿叶，得到了丰硕的金秋；失去青春岁月，我们走进成熟的人生。其实，真正的人生，是得中有失，失中有得，在得失之间，人生会更精彩。

生活，需要享受得到的喜悦，也该享受失去的乐趣。拿得起，放得下，你会发现，没有什么事情是放不下的，没有什么事情是无法释怀的。原来，生活一直都有我们没有发现的美好。

五

穿越岁月的河流，我们明白，每个人都是生命的过客。

我们无须去埋怨命运所安排的众多波折，在漫长的岁月河流中，我们只不过是一粒流沙，何其渺小；在浩瀚宇宙中，我们只不过是一颗流星，何其短暂。

生命是如此的脆弱，以至于不经意间就会被自然收回；生命之花在风中摇摇欲坠，在一不留神的某个瞬间就已随风飘散。

生与死轮回交替，瞬间就是永恒，永恒就是瞬间，一花一世界，一树一菩提。世间的一切，本无所谓有，无所谓无。生命对于我们来说，只有一次，可以把握，可以珍惜。

生亦何欢，死亦何苦。来自何方？来自偶然。归于何处？皆归尘土。我们都该有一颗感恩的心，活着就要好好活下去。

六

穿越岁月的河流，我们发现，岁月流转中，原来自己既变了又没变，总在不停地选择和改变自己。

流光容易把人抛弃，红了樱桃，绿了芭蕉。生活看起来如此庸俗，如此的易于满足日常平淡的事物，然而它总是暗地里念念不忘某些更高的要求，而且去寻找满足这些要求的手段。

从生到死，真正做到宠辱不惊、去留无意，往往不是那么容易，虽然年年花开花落，天天云卷云舒。

经历了人生的沧桑起落，在选择和放弃的困惑中，别问自己已改变多少，只问自己的梦想还在不在。岁月的唏嘘没有改变我们，执著的心，仍在继续，仍在奔腾。

漫漫人生，多少无解方程。或许，生命就是在奔腾中，找到属于自己的位置，然后焕发光彩。

七

穿越岁月的河流，我们会懂得，生活的原样，就像一幅油画，如果想欣赏它的美景，那就站后一点，从远处往回看，会看得更加清楚。

人生就是这样，快乐着、烦恼着，走出一段路程，回头一望，却也生动着、美丽着。这，就是真实的人生。

记下生命的感悟，为过去，为现在，亦为未来。

作者简介：

陈水晶，党委机关工作者，从政近30年，在各种刊物杂志及新闻媒体上发表作品300多篇。

茶花的春天

邓永纯

现实生活中，无论什么时候，我们的身边都会出现需要帮助的人。他们或许因为原生环境恶劣，或许因为遭遇各种各样的变故，以致造成身心、经济或者是家庭方面的困难。针对这些人群，党和政府高度重视，作出了“精准扶贫”的英明决策。

茶花就是这群人中的一个，她是个命运多舛的女人。

她曾经很沮丧地对我说：“我是老天遗忘的人，是个农家女，家住在山脚下，却从没有上过山，没有领略过山的高峻。我有腿却不能走，春天的美丽、秋天的魅力，不能亲自去感受，只能通过别人的描述、网络的渲染，才能一睹自然的芳容。”我说：“不要那么悲观，也许三十年河东，三十年河西呢。”但她还是悲观地认为，她这辈子会落寞在村子里。

茶花家境贫困，小时候就得了小儿麻痹症，腿脚无力，只读过三年书，上的是村子里的教学点，每次都是村里的姐妹背去背回。后来体重增加，姐妹们也背不动了，就没去上学了。为了不成为家里的累赘，她拄着家里做的简易拐杖，做些力所能及的家务和手工活。几年后茶花的腿骨节变形、肿大，特别是到了春季，她更是痛苦难挨，即使拄着拐杖，脚也是拖在地上的。身体的痛苦缠绕着茶花，她的脸上几乎看不见笑容。后来本村的一个小伙子愿意娶茶花。婚姻的甜蜜带给她对生活的希望，在几年里生了两个女儿。本来以为幸福向她招手了，可是在小女儿三岁时丈夫病逝了，茶花觉得她的世界里唯一的光亮也随之消失了。她甚至绝望到产生要带着两个女儿追随丈夫而去的念头，但望着女儿们纯洁无瑕的眼神，她的心在颤抖，最终母爱战胜了绝望，她发誓再难也要把两个女儿养大。

村长带着扶贫工作队敲开了茶花家简陋的家门，也唤起了茶花对生活的希望。在政府的关心帮助下，她们家纳入低保户，每个月有了稳定的补助，母女三人的生活有了保障。茶花家的住房也得到很好的改建，厨房也翻修了，家里也安装了安全可靠的自来水，政府同时也解决了茶花最担忧的女儿读书的问题，为家里拉上了网线，还配套装了一台 21 寸电视机，可以连接 Wi-Fi，方便孩子学习。茶花还听村长说，她家参加基本医疗保险后，看腿病时可以报销一些。听了村长的话，看着眼前大变样的家，茶花禁不住大哭起来：曾经期待的生活，在政府的帮扶中终于实现了，甚至更好。

扶贫工作队还赠送了一辆电动轮椅给她，方便代步行走。有了代步车，茶花可以走出家门，陪在女儿旁边帮她们选头花、买文具。茶花看见了家以外的世界，多年暗淡的眼神有了不一样的光亮，脸上有了发自内心的微笑。她除了要出门一般是不舍得坐电动轮椅的，她怕用坏了，怕没电了，也不让女儿碰。茶花是一个要强的人。在她的请求下，扶贫工作队和村民们帮她把面向马路的一间大约二十平方米的房间改为小卖部，并在小卖部旁边搭起棚子，方便村民乘凉聊天。村里的乡亲都很照顾她的生意，家里需要的油、盐、酱、醋都来这里买。茶花脸上的笑容越来越多了，人看起来也精神多了。

一天下过雨后，我要买一些东西，刚走到她家店门口，就看见她的拐杖掉了，人也跌倒在地。我靠近她想伸手去扶她，她却叫我走，不要过来。她带着哭腔说："你现在帮了我，下一次谁来帮我？心里存了依赖之心，我以后永远'站'不起来了。"听了她的话我泪流满面，走出店面，站在墙角边。我不忍心离开，看着她在那里来回地想借用拐杖爬起来，可是几分钟过去了她还在原地爬不起来，满身都是泥。我再也顾不上她的自尊心，跑过去把她扶起来。她一句话也说不出来，却哭得很委屈，我拍着她的手说："进去换下衣服，洗把脸再出来，我先帮你看着店。"她拄着拐杖艰难地进了里屋。她背影蹒跚，我却觉得如山一样稳。

帮扶组的工作队都很用心，每周带领本镇的党员、爱心义工，对扶贫对象进行回访，解决实际生活困难，如打扫房间卫生、清除屋前屋后的杂草、整修房屋周围的道路。他们在茶花家也是这样。茶花除了转着轮椅倒茶水表达感激之情外，还叫女儿端出端午包的粽子，非要大家尝尝。邻居的婶婶开玩笑地说："哎哟！茶花那么大方了。"茶花开心地说："没有政府的扶持，我不会有今天的日子。放以前，我有心想给，也拿不出呀！我真心地感恩政府，也感谢父老乡亲的厚爱！"看着这个大伙注入爱心的房子，以及这位坚强的母亲，在场的人无不为之动容！

茶花看店的同时也领了些手工活来做，可以补贴家用。退休的平叔经常在店外的棚子里吹箫，村里爱好唱歌的婶婶、叔公们也在这里亮开五花八门的嗓音，唱着"洪湖水，浪打浪……"，参差不齐的音调引得聊天的众人哄堂大笑。不管众人怎样笑，吹箫的照吹，唱歌的照唱。四叔婆不甘人后，唱起山歌来……茶花家的这个棚子热闹极了，她的孩子们完成了作业，就为这些唱渴了的乡亲们添茶倒水。寂寞的屋子有了生机，一种和谐的、简单的幸福洋溢在村子里。

大女儿有时也会推着妈妈到村里的健身运动场玩。茶花听着小女儿荡秋千时发出的爽朗的笑声，看着大小女儿玩跷跷板时的笑脸，她笑着笑着眼泪就出来了，自己一辈子无法享受运动的快乐，而女儿们可以尽情享受。茶花脸上的幸福如山花般灿烂。

茶花的脸上、生命终于有了春天般新生的色彩，她不禁感慨："感谢政府没有忘记我！有这样的生活我很知足！"

作者简介：

邓永纯，翁源县作家协会会员，在《翁源文艺》《书堂石》及今日头条、八泉文化网等媒体上发表文学作品数十篇。

心怀乡愁，踏实前行

谢文思

在城市化、多元化、全球化的时代背景下，我们与故乡的距离既远亦近，我们对乡愁的感受愈发深刻。

在纷繁的世界里，我们理应学会安顿好怀着乡愁的心，然后踏实前行。

我们与故乡密不可分。虽然许多人因为生活的压力，或者受家庭、婚姻、工作等各种因素影响，离开了故乡，选择了漂泊，但游子们的根，一直深深扎在故乡的土里，故乡文化的传统也浸润在心中，刻在骨子里。既然如此，那就将故乡的优秀精神传递给世界。

在他乡，听到热悉的家乡话，看到水果铺里摆着的来自家乡的水果，我想这是故乡与我们联系的方式，也是对乡愁的慰藉。

古往今来，乡愁一直流传在我们的文化记忆里。唐代诗人李白名句“举头望明月，低头思故乡”以明月为乡愁的载体。唐宋八大家之一、北宋文学家苏轼将乡愁转化为一道道美食，东坡肉、东坡汤……苏轼的一生坎坷波折，但他不为对故乡的思念、困境所困扰，反而在他乡苦中作乐，向当地百姓学习，踏实做事，既安顿好了自己的心灵，也赢得了百姓的爱戴。

疫情严重时，许多的人选择离开熟悉的故土，勇敢奔赴抗疫前线，支援他国他乡。在许多援助他国的医疗派送箱上都贴着“一衣带水，风雨同舟”等宣传语。

鲁迅曾说：“无穷的远方，无数的人们，都和我有关。”经历过疫情，世界为一家更为大家所认可。世界需要我们共同守护，故乡的文化需要我们传承。我们理应秉持开放、包容的姿态，让故乡文化得以传承，让世界变得多彩！

余光中的乡愁是一张窄窄的船票，它承载着两岸的思念。游子们的乡愁是一种刻在骨子里的精神，它承载着我们对故乡文化的传承。故乡永远不会在我们心中逝去，愿你我在纷繁的世界里，心怀乡愁，追逐梦想，踏实前行！

作者简介：

谢文思，女，18岁，共青团员，翁源人。爱好写作和书法。作品《爱国心·中国情》刊登于《中山日报》，《猫·爱》获第十八届叶圣陶杯大赛初赛三等奖，主题作品《假如我是科学家》发表于《青年文摘·彩版》。在多个公众号发表过个人文章。2022年9月成为《青年文摘·彩版》实习小编。

阿爷打疫苗

胡玉珍

城南社区有一位 72 岁的阿爷，为他接种新冠疫苗的事，负责该区域的公职人员阿强以及协同帮忙的志愿者真是费尽了心思。

阿爷身体硬朗，出行无障碍，就是记性较差，只记得两个人：狗子和阿花。狗子是阿爷唯一的亲孙子，也是唯一的亲人。阿花住对门，是他的保姆也是亲戚。阿爷只有狗子爸一个孩子。狗子爸妈在狗子 10 岁时出车祸双双离开了。狗子和阿爷相依为命。狗子很争气，毕业于双一流的军校，现在在外省服役。狗子考虑到自己常年在外，出任务时还可能无法联系，为了照顾阿爷，便请阿花做保姆。阿爷逢人便讲他的狗子，很自豪。

几天前，阿强和志愿者首次进入阿爷家，告知目前的疫情情况，宣传和科普接种疫苗的好处。40 岁的阿花明事理，一起动员阿爷接种疫苗。阿爷不是不肯接种，可就是要和狗子一起接种。阿爷说："这天打雷劈的病毒那么厉害，我的狗子也要打，我的狗子不能生病。"起初，阿强和志愿者都懵了：狗不大会感染新冠病毒，况且没看见阿爷养狗啊。阿强和志愿者轮流解释狗不需要接种疫苗。阿爷倔强起来："我的狗子为啥不需要，他不打我也不打。"阿花解释说阿爷口中的狗子是他的孙子，阿强和志愿者才明白过来，但这次动员还是失败了。

阿花认同工作人员的说法，现在关键时期，不怕一万就怕万一，得赶紧接种疫苗。阿花发微信语音给狗子，久久不见回复，打电话给狗子，只有女声的机械重复："您拨打的用户已关机，请稍后再拨。"

阿爷家的大门上悬挂着"光荣之家"的牌子，想起这个，阿强和志愿者决定还是多去阿爷家几次，希望能劝动阿爷去接种疫苗——怎能让保家卫国、最可爱的人担心家里！但固执的阿爷还是那句话：我要和狗子一起打！

阿花打了两天电话，狗子还是停机中，翻看狗子的朋友圈，也没有什么信息。

阿强和志愿者心有余而力不足。阿花却焦虑起来：狗子怎么了，不会有个三长两短吧？

一天早上，阿花去买菜，碰见狗子的一位高中女同学拎着一袋菜急匆匆从市场出来。阿花跑过去拉住她，问她最近有没有跟狗子联系。女同学在某中学教书，眼看上网课的时间快到了，不能耽误在家等着上网课的学生，便跟阿花说迟点联系，一路小跑走了。

女同学与狗子同班多年，彼此要好。狗子每次探亲都会约女同学叙旧，每次也会拜托她代为关照阿爷。

女同学哄完孩子睡觉以后打开电脑批改学生的作业，忙到深夜。改完最后一份作业，她伸了个懒腰，突然想起阿花，便点开狗子的微信，发了一条信息，无奈睡意袭来，困得一挨床就睡着了。

第二天醒来也未见狗子回信息，联系阿花已是中午。了解情况后，女同学立马给狗子打电话，同样响起机械女声。狗子出事了？女同学的心颤了颤。

怎么联系上狗子？半夜，女同学突然想起狗子曾告诉过她单位的座机，联系不上他的时候，可以打座机。

第三天，睁开眼女同学便打狗子单位的座机。原来，狗子执行任务去了。

女同学来看阿爷，刚好阿强和志愿者也在。女同学叫阿爷，阿爷看了半天，问：你是谁？女同学奇怪了，一个月前，在街上遇见时阿爷还亲热地喊她名字。女同学耐心地做了一番自我介绍，说她是狗子的某某同学。阿爷问你现在在哪上大学？女同学说毕业了，参加工作了。阿爷说狗子现在还在读大一呢，你怎么就大学毕业了。女同学隐约感觉阿爷的脑子可能出问题了。指着阿花问阿爷她是谁？阿爷说阿花呀。指着阿强和志愿者问阿爷，阿爷觉得陌生，问他们是谁？谁家的？来我家干什么？阿强和志愿者异口同声地说，我们来劝你打疫苗，来了好几次了。阿爷似乎明白了却又说，哦，我要和狗子一起打，狗子不打我也不打。

阿爷就是一个倔强的老头。

女同学和志愿者们一起离开，并说她会劝服阿爷打疫苗。

女同学上网查了一下阿尔茨海默症，对照阿爷的情况，女同学认为阿爷有可能得了阿尔茨海默症，即老年痴呆。

女同学的情绪瞬间低落下来。从 10 岁起，狗子便与阿爷相依为命。现在阿爷生病了，继续发展下去有可能认不出他了。当下疫情严峻，阿爷喜欢溜达，又不肯打疫苗，如何是好？真怕发生狗子见不上阿爷最后一面的情况。

辗转难眠，女同学想到一个方法：找一个体型和长相与狗子相似的男学生扮演狗子，哄阿爷打疫苗。

说干就干。找学生，约阿强和志愿者商量剧情。谁先出场，如何确保阿爷顺利接种疫苗。大家谋划了一番后便开始排练。

“狗子”穿着军装出场，上午先“回家”，午后阿强和志愿者去阿爷家。在大家的共同努力下，阿爷终于顺利接种完疫苗。

女同学又找到神经内科的医生上门为阿爷诊治开药。然后打电话给狗子的单位，请他的战友转告家里的事情。

处理好这些，女同学期待狗子能回来陪阿爷接种第二针。

作者简介：

胡玉珍，翁源县作家协会副主席，韶州中学教师，作品散见于《翁源文艺》、八泉文化网等媒体，多篇作品获奖。

园区企业党建勤务员
——记翁源经济开发区工委党务工作者戴佩君

吴伊璇

“露从今夜白，月是故乡明。”自幼在翁源长大的戴佩君，自毕业后，无时无刻不在想念着故乡一切美好的事物，春天的油菜花、夏夜的蛙声、秋日的稻谷、冬季的米饺等，对故乡的美好记忆和父母对她的期望交织在一起，促使她确定了回乡工作的方向。2020年，当时已有3年党龄的她凭借优异的成绩进入了广东翁源县经济开发区工委办公室工作，希望为家乡企业党建、宣传等工作作出自己的贡献。

齐抓思想，服务地方企业新发展

作为加入翁源经济开发区的新鲜血液，戴佩君与一群致力于为家乡发展作贡献的伙伴们一起回到家乡，重新走在了那条他们曾走过千遍万遍的家乡路上。因大学学习新闻学的缘故，她拿起笔杆子，为家乡园区企业的党建宣传工作殚精竭虑。自到开发区工作以来，她先后在人民网、县级融媒体平台发表了80余篇网评文章和党建宣传通讯，通过发布基层党建最新动态资讯、时事热点网评等，让广大党员及时了解党建资讯、学习党建理论，自觉推动学习教育往深里去、往心里走、往实里走。作为家乡的一份子，她既能设身处地地为地方企业发展着想，也深刻懂得党建引领发展的重要性。于是，在工委办公室，这位既能在工作时思路清晰、熟门熟路地说出党建工作的具体要求，又能在交谈时操着一口熟悉的乡音，与来访人员介绍家乡企业发展情况的姑娘，很快便融入了开发区的生活。

严抓队伍，引领企业向前走

火车跑得快，全靠车头带。在企业发展过程中，以打造学习型党组织建设为目标，加强组织覆盖，有利于带动地方企业朝更好更快的方向发展。戴佩君加入开发区这个大家庭之后，担任开发区机关第一党支部组织委员，经常向领导、同事们请教，积极协助支部书记、与单位同事一起，为加强队伍建设、助力企业发展出谋划策。

在日常事务中，戴佩君态度认真，勤勤恳恳，对党的理论和业务较为熟悉，注重创新工作方式和方法。为配合做好“两个覆盖”工作和切实发挥党建指导员的作用，她加班加点，积极适应并仔细做好领导交代的各项任务，工作执行力强、效率高，为企业员工做出了良好表率。在党员队伍里，戴佩君积极创新党建活动形式，她主动思考、积极谋划，先后组织开展了学习习近平新时代中国特色社会主义思想宣讲进企业活动、预备党员入党宣誓暨党性体验日活动、“党史我来讲·红色照我心”主题演讲比赛和参观红色教育基地等活动，进一步加强了党员教育管理，充分调动了党员积极性，为提高企业党员队伍的综合素质和推动企业党员队伍的扩大尽心尽力。

戴佩君向采风团介绍企业党建工作　陈耿兵／摄

狠抓服务，为企业发展护航

近年来，翁源经济发展突飞猛进，戴佩君和同事们也在积极探索党建引领园区企业发展的有效途径，努力实现党建与经济建设同频共振。

2019 年，开发区在华彩新材料产业园建成的全县首家园区企业党群中心给了他们很大的启发，他们积极协助中心的党建管理和服务工作。党群中心面积有 320 平方米，设有综合活动室、职工书屋、儿童天地、健身室等功能区。按照“共建共享、规范建设”原则打造的集党建、工建、商务、休闲、人才交流功能于一体的“党员之家”“人才之家”，不仅保护了党员职工权益，也促进了企业生产经营，大幅度提高了员工的生产积极性。

戴佩君在与翁源作协、翁源评协采风团交流时说过，这几年市、县两级加大了对非公企业党建工作经费的投入力度，进一步健全了日常走访和定期恳谈机制，这些举措都为企业生产发展加强了服务保障，极大促进了地方企业发展。而戴佩君作为支部组织委员，也勇于承担党支部的各项工作、积极组织各项志愿活动，为企业的发展保驾护航。戴佩君带领我们参观工业区时，我们看到的，是青年干部对未来坚定的信心，那红旗引领下的，是翁源未来无限的希望。

躬逢盛世，便当不负盛世。在企业党群服务中心，年轻的戴佩君给采风团介绍党建工作时侃侃而谈，神采飞扬。从她身上，我看到了开发区工委同志们的青春活力和团结力量。我相信，不久的将来，他们就会成为翁源建设发展的中坚力量。

作者简介：

吴伊璇，翁源县作家协会会员，赣南师范科技学院2020级汉语言文学专业学生。

给妇女一份心灵礼物

黄影祥

在“三八”妇女节到来之际，我们应给节日的主角——妇女们什么呢？

对行政、企事业单位而言，是组织一次有意义的文体活动或者放半天假？对丈夫而言，是给妻子买一款时装或者做一天的家务？对男性同胞而言，是帮女性同胞分担一下工作任务或者在日常生活中给予更多的礼让？不管是送时装还是组织文体活动或做一天的家务，能有所表示、有所行动，都是一种关心。在笔者看来，我们能够送给妇女们最珍贵的礼物应该是尊重。尊重妇女人格，尊重妇女劳动，尊重妇女权益……

女性是伟大的，她们永远值得我们尊重和学习。

智慧的女性，远的有原籍波兰的法国女科学家居里夫人，近的有在科学尖端领域中的女专家、女学者；勇敢的女性，远的有代父从军的花木兰，近的有保家卫国的现代女军人、女警察；勤劳的女性，远的有参与创造了中国五千年灿烂文化的女先辈们，近的有今天奋战在各行各业工作岗位上的妇女；善良、慈爱的女性，远的有 20 世纪 60 年代开始收留了 13 个孤儿，抚养了 19 个孩子的阿里帕 · 阿力马洪，近的有生活在我们身边的母亲、妻子。

女性是坚强的，是社会的中坚力量，她们永远值得我们去赞美、去敬仰。

在现代社会发展过程中，在国家建设的浪潮中，在日常工作和生活中，女性丝毫不比男性差。她们力担重任，身居要职，她们积极参与社会竞争。从工厂车间中忙碌着的蓝领女工，到写字楼里从事快节奏商务工作的白领女性，到田间地里冒着严寒、顶着烈日躬身劳作的农家妇女，再到家庭生活中养儿育女、操持家务的家庭主妇，无不体现出她们的才智与坚韧，见证了“妇女能顶半边天”的豪情。

女性是可爱的、美丽的，她们永远需要我们去关爱、去呵护。

女人柔情似水，女人光彩如月，女人是清风杨柳岸中的一枝柳，是蔚蓝天空中的一抹霞，她们的千娇百媚是自然界中最美的一道风景。少了女性，天地将会黯然失色，人的世界也将会不复存在。女性以她们柔弱的身躯肩负起生儿育女的使命，以她们细腻的思维构筑家园，以她们本能的母性创造生活的温馨，这一切都是男性望尘莫及、无法替代的。然而，由于种种原因，女性在工作生活中仍偶有因性别遭遇不公的经历，为此她们理应得到更多的关爱和呵护。

尊重妇女是具体的，应该体现在社会生活领域的方方面面。

从禁止招工单位歧视女工到实施女性与男性同工同酬；从在社会生活中“女士优先”，到家庭生活中丈夫分担家务，杜绝家庭暴力；从各医疗、计生部门经常以各种形式提供优质服务，到送服务到家、到社区、到学校、到企业；从消除性别歧视到以各种形式关爱女孩成长、关注老年妇女的精神生活……所有这些，全社会都应该共同关注，全民参与，只有行动起来，尊重才不是一句空话。

请多给妇女一份尊重吧，人类因为有女性的存在而生生不息，世界因为有女性的美丽才变得多姿多彩，历史、时代的车轮因为有女性的奉献才能滚滚向前。

写于 2009 年春夜

脱贫不忘感恩
——记非遗传承人郭雪娥的敬老善举

黄影祥　张玉春

郭雪娥，翁源县龙仙镇群陂村村民，2010 年丈夫因车祸高位截瘫丧失劳动力致使家庭陷入贫困状态，后在扶贫工作队的帮扶下脱了贫。郭雪娥擅长做客家米饼，因质量上乘广受顾客喜欢。在扶贫工作队的帮扶下，她成为非物质文化遗产“翁源客家米饼制作技艺”代表性传承人，走上了致富路。在自家脱贫的同时，她还创办了企业，带领村民一起脱贫。

当年 ，突如其来的灾难让家庭陷入困境，乡亲们对她除给予同情之外，还给她幼小的女儿力所能及的照顾，帮助她渡过了一个又一个的难关。在那些异常艰难的日子里，她心里念着，一旦有了能力，一定要回报社会，回报乡亲。

扶贫工作队进村后，郭雪娥如沐春风，在党中央精准扶贫的政策下，她走出了困境。此时的郭雪娥感恩于党的恩泽，感恩于乡亲的滴水之恩，一边偿还债务，一边做力所能及的敬老善举。

有一次，她送货到英德，在回家路上，看见翁城春光饭店路边有一个老妇人提着大包小包在左右张望。郭雪娥敬老之心油然而生，将车开到老人跟前，得知老妇人要到庙墩探亲，郭雪娥二话没说便将老人家扶上了车。过狮子岭后，她本可以左转朝龙仙方向回去的，但她接着开到从官渡到庙墩的村道上，到了老人的目的地——原庙墩公社路边摆卖档才停下了车。老人家下车后从包里拿出东西要感谢郭雪娥时，郭雪娥谢绝后立马开车走了。

还有一次，郭雪娥在龙仙镇龙英路的一家小食店吃托子糍时，走过来一对老年夫妇，她和这对夫妇相谈甚欢，于是多叫了 2 份托子糍给两位老人，随后便买单离开了小食店。

或许你会觉得，不就绕了一段路和送了2份托子糍嘛，有什么值得小题大做的？

不！一滴水足以折射出太阳的光辉。

从这两件事中可以看到郭雪娥在脱贫致富道路上的一片善心。这善良之心，不正是我泱泱大国五千年文明传承的具体表现么？

如今的郭雪娥也就刚刚走出捉襟见肘的困境，并非大富大贵之人；但，正如郭雪娥说的，我有多少能力，就做多少事情，无愧于自己的良心便可。

2021年中秋佳节，经群陂村党支部牵头，郭雪娥为本村60多位80岁以上的老人送上了爱心米饼。媒体和老人们纷纷夸赞她的善举。而郭雪娥却说，我不知道翁源人常说的“敬老得福”这句话是不是真的，但，总觉得那个八月十五的心情特别舒畅。

2022年中秋节前夕，郭雪娥仍然延续着给村里80岁以上的老人送上一份爱心米饼的善举，并带着米饼加工厂的传承人来到村委会开展米饼制作传承活动，受到学生和群众的热情欢迎。

郭雪娥的善举赢得了广大群众的称赞，南方+、广州日报、韶关日报、翁源电视等省市县媒体争相报道她敬老爱幼的事迹。

我们赞扬郭雪娥的敬老善举，也期待有更多善长仁翁的事迹出现在翁源这块纯净的大地上，共同构筑一个美丽、和谐和善良的翁源！

后记：2020年冬，笔者采访了郭雪娥，了解到她不离不弃地照顾瘫痪丈夫十年，并在党和政府的帮扶下走出贫困的事迹后，写作了纪实文学《飘香的山姑米饼——翁源县群陂村脱贫户郭雪娥脱贫记》。两年来，看到她致富不忘感恩，便再写下这篇小文。

作者简介：

张玉春，翁源人，1949年出生，中山市退休干部。

一名教书匠

陈婵媛

那会儿的她，还是一位民办学校的初中英语老师。虽说只是代课，但她却十分热爱教育事业。在给学生传道授业解惑时，望着孩子们眼中散发的光，她一直觉得这些光，充满着无穷的能量，似能拨云散雾，刺破万丈苍穹，犹如一把信仰的火炬，生生不息。她愿成为孩子们一生的“追光者”。

学生们曾给她取过一个外号——小红。课后，一名平日里好学好问的男同学捧着英语课上抄写的笔记，搔头抓耳地问她：“小红，刚刚上课讲的语法，我没听懂，再给我梳理梳理呗。”她也乐此不疲，欣然接受学生给的独特“爱称”。关于“小红”这个称号的缘由，她问过她的学生们。一个笑起来眼睛好像会说话的女孩子告诉她，大概是在某一天，因为班里好多同学没有完成练习册，她气红了双颊的样子，和当天穿的一袭红裙相得益彰，“小红”一称便在孩子们中间传开了。班里的孩子说，小红除了是一名老师，还是身兼多职的“斜杠青年”。

她是孩子的领头羊。学校一直有早操惯例，每天早晨6:30，学生就得开始集合跑操，但是总有几个赖床的孩子，在起床铃响了之后，仍抱紧被子呼呼大睡。小红便想了一个法子，每天不管天晴雨雪，6:15就跑上8楼学生宿舍门口，6:20宿舍响铃之后挨个敲门，扯着嗓子把赖床中睡眼惺忪的孩子一个个从被窝里拉起来。就这样过了一段时间，再也没有孩子因为赖床跑操迟到过。等到跑操的时候，小红便在学生队伍的前边，呼哧呼哧地引领着孩子们跑步。就这样，原本跑200米就气喘吁吁、上气不接下气的运动菜鸟“慢羊羊”，被孩子们训练成了一个绕运动场跑完3圈后，依然面不改色心不跳的跑步小达人。

在校她是孩子的守护者。一回晚修下课后，小红把学生送回宿舍，巡过几遍待学生安静后，正准备回家。一位女生扶着墙，颤颤巍巍地拖着两条软弱无力的双腿走出来，双手捧腹，昏黄的夜灯下依然看出她神情痛苦，豆大的冷汗挂在苍白的脸庞上。她用孱弱无力的声音告诉小红，她肚子突然剧痛。小红便赶紧开着她那哐哐当当半新不旧的小电驴，送学生去医院急诊室看病输液。直至凌晨1点多孩子家长赶到才离开医院。

像这种情况也不是一次两次了，她还记得那个春寒料峭的夜晚，一位调皮的男同学，从宿舍楼梯口跳下来崴了腿，她便连夜带去医院检查。从小怕黑胆小的她，愣是领着学生故作镇定地走过寂静而昏暗的医院长廊。她甚至都害怕得不敢大声出气，却搀扶着这位为了在同学面前出风头而受伤的孩子，一路故作气定神闲地和孩子开玩笑。幸好孩子骨头无碍，只是轻度扭伤。小红将学生送回宿舍，才安心离开。孩子突发感冒发烧，也是她不分日夜地守护。她心疼父母不在身边的孩子，她说每个孩子都是家里的宝贝啊！是谁都会这样做。

她是孩子们学习的督导员。2020年初，新冠疫情爆发。本应到校上课的孩子们在家上网课，而老师们纷纷摇身一变，成了新时代主播。和大部分老师一样，小红发了愁。她担心孩子们在家，家里没有上网课的设备，上网课不能认真听课，作业也不能按时完成。于是她又想出一法子，组织任课老师对学生进行全员家访。近在县城，远到各乡镇，他们都访了个遍。不停地告知家长上网课时监督的重要性，和孩子反复强调每天上课应按时打卡。等到上网课时，她每天检查网课出勤人数，把没有上课的孩子名单挑出，课后给家长打电话询问原因。晚上催促孩子们上传作业，个别没交作业的孩子她催了又催。等孩子交齐作业后，小红开始支棱起她的大近视眼镜，在夜深人静的夜晚批改着孩子们的线上作业，看到优秀的作业和认真书写的字迹时，她会点右下角的红花，送出一个大大的赞。

她是课堂上的讲台王。小红没有和太多人讲过这件事。她怀孕3个多月时候，产检时早唐筛查显示高风险。第一次怀孕的她，每想起这件事都会痛哭流涕，可她依旧每天坚守在教室给孩子们授课。她去做了羊水穿刺以进一步检查。她永远忘不了那一根细长的穿刺针刺进肚皮、子宫壁，进入羊水腔的感觉。随后，医生告诉她，虽然只是小手术，但是需要卧床休息一周，接着给她开具了一张病假单。她躺在病床上休息的半个小时里思绪万千，权衡之下她还是把那张病假单塞进口袋，只是轻描淡写地告诉领导缘由后，申请接下来一周坐着上课，课后再回家静卧休息。她何尝不担心肚子里的宝宝，但是临近期末，她着实担心班里的40多个孩子。所幸宝宝无恙，最后平安健康出生。第二年，学校接到防疫中心通知，因有新冠密接，全校就地隔离封控。刚好请半天假外出办事的小红回来后，安排好家里事务，毅然决然地收拾好行李，赶往学校与学生一起封控上课。那会儿她自己的孩子还在嗷嗷待哺，她也不是不想家里的娃，但她想到那些即将参加中考的毕业班孩子如果落下一周课，该什么时候才能补得上，耽误的可不止一个孩子的前程。她还是狠心舍下自己的孩子，课后和家人打电话，发语音、视频，一解思儿心切之苦。夜晚望着手机里孩子的照片偷偷流泪，她安慰自己，也不过就一周而已。

三尺讲台育桃李，一支粉笔写春秋。她曾说过：教师，似一泓清泉，以爱为舟，荡开师爱双桨；教师，如一抹暖阳，师心育人，呵护学子的成长。教书匠，一份初心，更是一辈子的情怀。

作者简介：

陈婵媛，翁源县作家协会理事，翁源县教育局教师。

墨韵歌盛世　七彩颂华章

——参观翁山诗书画院作品展小记

曾娴秀

周六上午，蕙风和畅，天高气爽，我和好友们相约去翁山诗书画院参观书画摄影作品展。作品展由翁源县总工会、翁源县文联共同举办，以“劳动创造幸福”为主题，辑全县书法绘画摄影界之佳作而成。

在翁山诗书画院大堂，我们扫码乘电梯上三楼展厅。走出电梯，迎面看到的是刘国玉院长的黑白巨幅焦墨山水画。名家笔下的丹霞群峰，雄浑厚重，风格独特。正如张仃的赞誉：“气象浑穆，魄力雄强。”吴怀想老师的苍山秋雨组画、林兴老师的山水画，苍润郁勃草木华滋，颇具刘院长焦墨画之风骨。

王育溪老师的行书豪放洒脱，如行云流水。黄倩婵老师的楷书宽博宏大，刚健有力，点画峻利，别具一格。以前送孩子去青少宫学习时，我曾陶醉于挂在一楼的她的书法作品，从此痴迷黄老师雅致的魏楷。耳闻目睹黄老师连节假日也闭关文化馆四楼书画室静学，室内四壁终年挂满习作。勤学苦练，年复一年，耐住了寂寞，才收获繁华。

驻足凝视县文联主席林晃奎的隶书作品——苏轼《定风波・莫听穿林打叶声》。作品极具曹全碑风格，秀逸多姿，结体匀整，舒展超逸，风致翩翩。同行解说：林老师曾任乡镇主要领导和主政县文广新局，即使工作繁忙也抽出时间潜心研究书法，精心扶掖后辈，引领翁源文化百花竞放。真乃字如其人，令人肃然起敬。

我们伫立在一幅庭院画前，同伴介绍，这是由一位色弱画家所作。画家靠背记着色创作，令我们叹服不已！画中一串串黄玉米，堆叠的土黄箩筐、褐竹筐，一层一层，一圈一圈，竹片凹凸有致，精雕细琢栩栩如生！没有细腻的观察力，决不会有如此精妙之笔法！我不禁感慨画家际遇，“上帝为你关上一扇门，定会为你打开一扇窗”；钦佩画家励志，如罗曼・罗兰所说：“世界上只有一种真正的英雄主义，那就是在认清生活的真相后依然热爱生活！”

尔后，我们移步藏珍馆。古香古色的藏珍馆由刘国玉院长筹资兴建，去年竣工使用。步入三楼展厅，映入眼帘的是刘院长的题字：劳动创造幸福。紧挨着的开场之作是林晃奎老师的两幅隶书作品。作品笔意古朴，以篆入隶，圆浑雍容，古雅奇趣，深得《石门颂》之神妙。作品正文落款字体相同，大小统一，别具匠心。读着诗句，脑海不禁浮现青山绿树、映日碧荷、稻香蛙鸣、桃红李白兰幽香的翁源乡村美景。

林兴老师的《峰回九曲》、沈惠博老师的《春山云起图》，良工妙笔铺绘巍巍翁山秀美仙邑。

踏进四楼展厅，映入眼帘的是一幅幅五彩斑斓、光影变幻的摄影佳作，展现自然风光、美丽乡村、人文景观之精彩，给人强烈的视觉冲击力和艺术感染力。在陈耿兵、胡可青、罗智聪等摄影师的镜头下，天蓝水碧，兰幽竹翠，五谷丰登，瓜果飘香，稻菽卷起千层浪。一张张如诗画卷，是政通人和、幸福荡漾的兰韵翁源的永恒记忆。

丹青铺彩歌盛世，翰墨流霞颂翁源。我们在墨香四溢的展厅流连忘返，无尽遐思。这美丽和谐的家园，这浸润书香的热土，生于斯，长于斯，岂不幸哉快哉！

作者简介：

曾娴秀，翁源县作家协会监事，翁源县龙仙第二中学教师。多次获评优秀教师，多篇作品获奖。

我是蚌

杨晓鸿

端午过后的天气开始变得闷热，我驮着两瓣重重的壳缓慢地往浅滩移动。比起河底的淤泥，我更喜欢浅滩的环境，即使母亲常说浅滩并不安全，我的壳还比较软，不足以抵挡来自外界的危险。

蓝天下，一群伸展着光亮的灰白色翅膀的鸟儿优雅地划过湖面，我吓得一个激灵，一头钻进河沙中。我知道，那就是母亲常说的，爱吃我们蚌类的鹬。

过了一会儿，附近传来打斗的声音，是一只大蚌正在和一只鹬缠斗。大蚌扎在浅滩的河沙中，光滑厚重的壳慢慢张开，鹬正在它的上方盘旋，忽然，鹬俯身疾冲而下，长长的尖嘴猛然伸入大蚌微张的壳内。我惊得不敢发出任何声音。此时却听到“哐”的一声，紧接着又传来羽翼拍打水面的声响。大蚌正用它那两瓣厚厚的壳稳稳夹住鹬伸进来的长嘴，鹬用力扇着翅膀，想要再进一步食得蚌肉，却是不得。过了好一会儿，双方依旧僵持不下，正当我心潮澎湃，准备为大蚌加油助威时，浅滩上，竟不知何时来了一名身着麻布粗衣，用头巾束着头发的人类。那人拿出一张大网，往大蚌和鹬的位置一扔，然后不顾网内大蚌和鹬的挣扎，哼着歌，轻松将大蚌和鹬拖走了。后来，我听母亲说，那人就是渔翁。

见识了外面的危险，回想起母亲三番五次的告诫，我再次沉入河底，将自己深埋在淤泥之中。冬去春来，黄叶不知落了几回，我清晰地感觉到河水慢慢在变浅，河面慢慢在变窄。

有一天，我发现自己所处的位置已经从河底深处变成了积沙的浅滩。明媚的阳光透过薄薄的水层，照射在我灰黑光滑的蚌壳上，暖洋洋的，舒服极了。不远处，有一座不知何时搭建起来的石桥，石桥上，一群打扮奇怪的人走过。他们当中有几个套着纸糊的像鹬的外形一样的外套，有几个披着纸糊的像蚌壳一样的外壳，还有几个打扮得像渔翁，手里还拿着网。人群渐渐走远，我窝在沙滩上，远远地听到他们说什么“鹬蚌相争”“跳舞”“剧团”“表演”之类的话。头上几只鹬飞过，我来不及细想，匆匆往河的深处挪去。

身体的极度不适，将我从沉睡中唤醒。醒来的那一刻，我便发现我曾经引以为豪的光滑漂亮的外壳不仅变得黯淡无光，上面还沾染了许多不知名的附着物，我娇嫩乳白的身体也不知何时长出了黑褐色的斑点。由于呼吸困难，我不得已艰难地爬向浅滩，浅滩沉积的却不再是河沙，而是一些恶臭难闻、五颜六色的不知名物体。我看向河的两岸，到处都堆满了这样的东西，我看向天空，天空也不再蔚蓝，一片灰蒙蒙的，让我不自觉地感到有些头晕脑胀。此时，一只鹬划过河面，落在离我不远处的白色物体上，它的身材已不像初见时那般优雅矫健，羽毛更无当初的那种光亮和威风凛凛，看上去阴郁极了。河岸边不时有带轮子的类似盒子的东西飞快跑过，也不时有人走过，但却不见渔翁。而那些五颜六色的废弃物时不时便从跑过的盒子中或是走过的人类手中飞出，落在河里或河岸上。我以为我老了，鹬老了，渔翁老了，世界也老了。沉思中，我被从岸边飞来的红色物品砸了一下，我疼得“哎哟”一声，吸引了不远处鹬的注意。这次，我没有挪动身体逃跑，因为身体的极度不适，已经让我失去了逃跑的动力和能力。奇怪的是，这只鹬明明看见了我，却又将眼神移开，瞥向了另一边的远方。莫名地，我居然开口对鹬说：“你把我吃了吧。”鹬却有些鄙夷地看了我一眼道：“你病了，我也病了，你病得比我重，我吃了你，我的病就更重了。”说完鹬便飞走了。自此很久很久，我再未见到鹬。

时间在缓缓流逝，当我的身体有所好转，我从周边的小鱼虾那得知，那次醒来我看到的不知名物体叫做垃圾，那些带轮子、跑得很快的盒子叫做汽车，而那一片灰蒙蒙的天空，是雾霾。

近来，总有小蚌在我的耳边念叨：“爷爷，和我们一起去浅滩玩耍吧！”“爷爷，今天有人类在河边放生小鱼，可好玩了。”“爷爷，浅滩的太阳可暖和了。”……我始终无动于衷，因为我再也不想看到满河的垃圾，再也不想看到灰蒙蒙的雾霾，更不想再被垃圾砸中……直到有一天，有只小蚌飞似的从浅滩逃回来，和我说他见到了我曾经和他说过的爱吃蚌类的鹬，我的心突然就动了一下。现在，河水慢慢变绿、水慢慢变深、氧气慢慢恢复，我再次驮着两瓣重重的壳缓缓来到浅滩。河面宽阔了不少，温暖的阳光再次透过薄薄的水层照射在我坚硬的壳上，暖暖的，舒服极了，蓝色的天空笼罩着大地，河的两岸长满了青草和树木，青草和树木后面的道路上虽然有了更多的汽车和行人，但他们似乎变得规矩了不少，没有再往河里扔垃圾。之前河里和河岸堆积的垃圾，也不知何时大都被清理了，只剩了些零星小垃圾偶尔还漂浮在清清的河面上。我懒懒地躺在浅滩的积沙上，享受着这难得的美好时光。突然一声鸟鸣，我抬头望去，只见一只鹬正张着它那双威风凛凛的翅膀，一脸精神地向我袭来，我已经来不及躲避，但就在鹬的长嘴伸进我壳内的一刻，我奋力一合，愣是将鹬的长嘴稳稳夹住，让鹬不能再进一步。我挑衅般地看了眼眼前的鹬，鹬愤怒地扑腾着翅膀，进退两难。正当我俩僵持不下时，一阵愉悦的歌声响起，一个穿着蓝色马褂的人划着装载垃圾的小船向我们驶来。我看到人类的船上貌似还有网，心想：完了！然而，当那人走近我和鹬时，却只是好奇地看了眼，然后笑着将我们分开，鹬当即就飞走了。

当我被人类的小船载着前往河流较深处时，我偷偷看了眼被放置在船上的网，只见那网里都是些五颜六色的垃圾。人类温柔地将我放入水中后，我一边沉入河底，一边回望逐渐驶离的小船，只见那船身上印着几个大字：河小清。

作者简介：

杨晓鸿，韶关市文艺评论家协会会员，翁源县作家协会会员。作品散见于《翁源文艺》、八泉文化网等媒体。多篇作品获省市征文奖。

从全民守法落脚　助推法治交管建设

官晓雷

习近平在首都各界纪念现行宪法公布施行 30 周年大会上的讲话中指出，落实依法治国基本方略，加快建设社会主义法治国家，必须全面推进科学立法、严格执法、公正司法、全民守法进程。这四个层面也是法治交管的重要着力点。在这篇文章里，我将从全民守法这一层面，谈谈对法治交管建设的认识。

在交警查处交通违法行为时，常会听到以“我不知道”“我不懂”“我以为”开头的“解释”。2021 年 9 月份，交警大队联合学校开展了一次针对中学生骑乘摩托车、电动车上下学行为的整治行动。一天中午，交警大队在建国路万源酒店门口设卡，到放学高峰，大批的学生骑着自行车涌入路面，其中也能看到一小部分学生骑着电动车飞快穿梭其中的突兀身影，在车多人多的路面，这一行为可以说是险象环生。在交警查处到的学生中，有一个学生是我印象特别深刻的。他被交警拦停后，要求其填个人信息时，突然很小声地问：“叔叔，这次被查了会入档案么？会影响到我之后去当兵么？”看得出他很紧张。交警问：“怕罚？你不知道未满 18 周岁，没有驾照不能骑乘摩托车、电动车上下学么？”他说：“我不清楚，我以为不会查这个，我不知道会被罚……”这个说辞恰恰就说明了，要学生遵守交规的前提是学生了解交规。

全民守法，究其根本说的是全社会共同参与，要的是全社会法治观念增强。2022 年是“醉驾入刑”的第 11 年。公安部交通管理局的数据显示，自 2011 年“醉驾入刑”至 2020 年，全国酒驾、醉驾肇事导致的死伤人数较醉驾入刑之前的 10 年分别减少 6774 人、13820 人。2020 年，公安机关每排查百辆车的醉驾比例比醉驾入刑前减少 70% 以上。这体现的是法律的权威性，也说明交警的执法与宣传起到了社会效果。酒桌上“感情深一口闷”喝得多才有诚意的劝酒文化已悄然转化为“开车不喝酒，喝酒不开车”的口头禅。处理醉驾案件的老交警说之前没有危险驾驶的说法，实施酒驾入刑后，确实震慑了很多心怀侥幸的酒后驾驶人，很多人都不再酒后开车了。这也印证了群众对酒驾、醉驾危害性的认识在不断加深，正在逐步树立起善待自己、尊重他人生命的意识，并将严禁酒驾作为必须遵守的行为规范。酒后不开车已逐渐成为群众的自觉行为，成为社会普遍认同与支持的文明准则和法治规则。

醉驾案件的减少，我认为其实质就是全民守法的见效。而要实现全民守法，就需要把全民普法作为法治交管的长期基础性工作，采取有力措施加强交通宣传教育。在当下，无论是交通安全进家庭、进社区、进企业、进驾校等八进宣传活动，还是文明交通志愿劝导活动，抑或是将交通安全宣传贯穿于执法过程中，都是交警大队一直以来在交通宣传教育上作出的努力。但思想的改变、习惯的养成并不是一朝一夕的。2021 年 4 月，交警大队到翁源中学开展交通安全进校园活动。宣传民警在台上旁征博引，洋洋洒洒讲了很多本地的涉校交通案例，分析了一些交通事故发生的原因，介绍了应该遵守的交通法规。活动结束后，宣传民警对我说，思维有惯性，我不知道有多少学生认真听了，又听进去多少，但只要有十几个学生听了其中的几句并遵守了，那可能就会对他们起到一些积极的作用，我们的活动就是有意义的。我懂这个意义。因为 2019 年 8 月底，我在新江镇镇政府见到了负责残联工作的同志，听他说了一个案例。他说前几天联系了康复器械的老板，给西锦村瘫痪在床的吴大叔送了一张康复床。这位吴大叔已经瘫痪在床 30 多年了。当年，十五六岁的他爱骑摩托，不料，有一天骑摩托车去上学的路上出了车祸……此后他就被困在了床上。当时，我就在想，如果年轻时的吴大叔了解交规，一切是否会不同？当然，没有如果。但趋利避害是人的本能，交警的普法如同一把放大镜，把混在利中的害放大给群众看，只要有一人能见、能避，持之以恒总能滴水成海，全民守法、法治交管建设就能实现大迈步。

虽全民普法、全民守法仍道阻且长，但行而不辍，定能让法治交管建设前行的脚步更加坚定，让法治交管成色更足，更好地依法保障人民权益，更好地创造安全、有序、畅通的道路交通安全环境。

作者简介：

官晓雷，翁源县作家协会副主席，韶关市文艺评论家协会翁源分会秘书长。在翁源县交警大队工作。作品散见于《广州日报》《南方法制报》《韶关日报》《翁源文艺》及翁源政府网、翁源公安微信公众号、八泉文化网等媒体。多篇作品获省市征文奖。

命　门

李　芳

今天买了个椰子准备煲鸡用。下班回家我就准备好工具挽起袖子动手开椰子。

摇一摇，里面的椰汁晃晃荡荡。我要先把椰汁倒出来待用。但成熟的椰子外壳非常坚硬，我动用了锥子、锤子、菜刀鼓捣了很久就是打不开。撕开外面那些胡须一样的皮仔细观察，我发现椰子的顶部有一个小小的脐眼，用刀尖轻轻一戳就露出一个小口子，我好开心啊！这样椰汁就可以从这个小洞里倒出来了。

这让我突然想起初中时看过的武侠小说。那些小说里总有这样的桥段——高手过招前总有高人指点主角：无论是多么厉害的武功都有他的薄弱之处，俗称命门，只要找到对方的命门就能置之于死地。以前总觉得玄乎，现在想想似乎也有那么点道理。就像这个椰子，无论外壳多么坚硬，它也有隐藏的弱点，找到这个弱点就能轻而易举地打破它的外壳了。

由此可见，世间万事万物，无论多么棘手的问题，都应该有它的弱点，有隐藏的命门，只要找准命门就能解决问题了。可是命门在哪里呢？这可不容易找。我想了想，要想找到命门，寻找之人就要有这么几样品质吧。首先要用心，精诚所至金石为开；然后要有耐心，不厌其烦一遍又一遍尝试；三要有智慧，善于思考、总结、发现；最后还要有恒心，一如既往，坚持到底！

作者简介：

李芳，翁源县作家协会理事，在翁源县乡村振兴局工作。作品散见于《韶关日报》《翁源文艺》及南方+、八泉文化网等媒体。

半溪：藏在青山绿林间的“一朵映山红”

杨晓鸿　官晓雷

青山绿林，蝉鸣相配，隐约听到有老者高歌：“独大领导好主张，组织民兵保家乡。敌人陷入伏击网，叫苦连天把尸扛。”（客家山歌）这里是韶关市翁源县坝仔镇半溪村（原地名：岩庄半溪）。这里的人民纯朴善良；这里的人民嫉恶如仇；这里的人民曾面对日寇的侵略和国民党反动派的黑暗统治，奋起反击，勇敢加入革命，保护亲人、保卫家乡、保卫祖国。

烽火燃

1937 年 7 月 7 日，卢沟桥事变爆发，全国性抗战从此开始。1938 年 9 月，日军为策应武汉会战，大举进攻华南。10 月 12 日，日军分三路在惠阳大亚湾登陆，直逼广州，次日，广东省军政机关开始北撤韶关。21 日，广州沦陷，中共广东省委机关和八路军驻广州办事处分两路北撤韶关。从广韶路北撤的省委组织部长李大林、妇委书记张越霞等领导同志在翁城停留了一个多月，其间，部署了翁源的抗日救亡工作。11 月初，省委直接领导的广东青年抗日救亡先锋队进驻翁源，党的抗日救亡宣传工作由此迅速在翁源全县铺开，翁源的抗日救亡运动进入新的高潮。而此时，在半溪这个小小的村落，共产党员胡伟同志以教学为名，采用办夜校等形式宣传党的抗日救亡政策。

秋夜凉爽，胡伟与村里几名有志青年坐在院中闲谈畅聊。突然，一声狗吠，打断了胡伟的话语，他警觉地往院门外一瞧。只见门外一名十五六岁的少年郎正一脸无奈地与院中的大黄狗对视，看到胡伟望过来的眼神，赶紧挥手喊道：“胡老师——”胡伟这才放松一笑，回喊到：“助樊进来。”（林助樊，林卧龙的原名）少年郎顿时喜上眉梢，轻快步入院中，解释了句：“我听说半溪这几日有‘夜学’，过来听学。”

便自觉搬了竹凳围坐了过去。

在胡伟等同志隐蔽却大力的宣传发动下，以少年林卧龙等为代表的鲁溪、半溪、饶村等岩庄地区有识民众受到了中共进步思想的感染和熏陶。他们通过扫除文盲、出抗战墙报、组织读书会等各种形式向群众宣传抗日主张，宣传全国各地抗日形势，以此提高村民的爱国热情。逐步展开的抗日救亡宣传活动为秘密建立和扩大农村地下党组织创造了极为有利的条件，亦为抗日战争和解放战争的胜利奠定了坚实的群众基础。

1945 年五六月间，日军为了巩固广州和珠江三角洲等战略要地，把粤汉铁路沿线以外兵力撤往广州。6 月 12 日，大队日军从曲江大坑口经翁源南下，13 日，在官渡兵分两路，其中一路经利龙、松塘、江尾、坝仔、岩庄、南浦进袭江西三南（全南、虔南、龙南）。日军所到之处，烧杀抢掠，无恶不作。处于岩庄的半溪人民亦深受其苦。为了和平，为了保家卫国，不少已经觉醒的半溪人民大力支援抗日游击队，他们不顾生命危险，加入到帮游击队筹钱筹粮，给游击队送信、带路的队伍中……1945 年 9 月 2 日，日本正式签字投降。经历了十四年抗战的中国人民迫切要求和平，迫切要求建立一个民主、独立的新中国。但国民党反动派却完全不顾人民渴望和平的强烈愿望，在美帝国主义的援助下，拼命抢夺抗战果实。

1946 年 7 月，国民党广东当局公然违背保证东江纵队复员人员安全的诺言，加紧策划大规模的“绥靖”“清乡”，并造谣中共武装部队已全部肃清，实行“强化治安”，加紧“三征”（征兵、征粮、征税），群众饱受欺压，民不聊生。其时翁源国民政府大力推行反人民的政策，纠集翁北联防队长吴越南及其爪牙刘月周等人强迫村民交粮交税，肆意抢掠财物，恶意烧毁房屋，无端殴打百姓，并多次带兵“进剿”县境的黄洞、李洞、黄竹坪等游击队驻地，半溪也没能逃脱，被国民党反动派冠上“通匪”“窝匪”“济匪”的罪名。

一时间，在反动政权掀起的血雨腥风的白色恐怖下，百姓每日惶恐不安，生活暗无天日。游击根据地群众受到的迫害更甚。面对人民反压迫反剥削的强烈愿望，游击队开始了反“三征”运动。1947 年夏，粤赣先遣支队司令部决定，成立翁虔独立大队（简称“独大”）。而当年的少年林卧龙已成长为翁虔独立大队大队长，其时林卧龙奉命将部队拉回岩庄，与朱蔼洲武工队合编，并由“独大”实行一元化领导翁北革命斗争。

由于“独大”主要活动在翁虔边境，因此半溪成为部队的常驻地。为了实行全民武装以巩固根据地，吴时辉等人受派回到家乡发动群众组建民兵组织、成立农会。

吴时辉回到半溪后，凭借对本村村情民意的了解，走村串户，宣传党的路线、方针、政策，揭露国民党反动派横征暴敛、欺压百姓的罪恶行径，让村民们意识到只有共产党才是永远与群众心连心的，也只有共产党才能带领大家过上好日子、走向新生活。通过反复劝说、动员，半溪及其附近的大批有志青年纷纷表示“我们跟共产党走”，自愿加入到民兵组织。

短时间内，吴时辉等人便组成了70多人的民兵队伍，并配有短枪7支、七九步枪10支、双筒长枪10支、漏底长枪10多支、单响长枪30多支、火药枪10多支，壮大发展了人民武装队伍，为进一步开展斗争，开辟和建立游击基地打下了基础。但这一军事实力，与反动政权相较，仍是微微星火。

1947年农历九月初九，以刘月周等为首的反动分子，纠集国民党军队及翁东、翁南、翁北、翁西四个大队的联防队共800余人对半溪进行残酷大扫荡，实行“烧光、杀光、抢光”的“三光”政策，烧去村民的房屋，抢走村民的衣物、粮食，甚至杀害无辜村民……游击队和民兵队获悉消息后，发起反攻，打得国民党联防队溃不成军，狼狈而逃。

翁北联防队队长吴越南得知该场扫荡失利后，恼羞成怒，直接将桌上的杯子都给摔了。由此，翁源县反动势力对半溪一带的革命行动更加恨之入骨。他们正积极寻找报复之机时，偶然得知半溪有人要在农历九月十一举办婚礼，他们估计中共地下党人定会赴宴，且相信宴餐定然丰富、礼品嫁妆必然不少，既可饱餐一顿，又可大捞一笔。因此吴越南决定再次纠集翁南、翁北联防队数百人卷土重来，再次对半溪进行扫荡。

那天一早，国民党联防队先行登山包围村庄。九时许，新娘花轿刚抬到祠堂门前等候拜堂完婚，突然枪声四起，密集的子弹向村庄飞来，现场一片混乱，村民四散奔逃。过了一会儿，联防队便蜂拥进村，狼奔豕突，四处哄抢村民财物。随后，联防队又将村里的男女老少集中驱赶至门坪进行训话，并借着寻找游击队员的名义，对村民进行搜身，抢钱、剥夺衣物。村民无论男女老少，只要稍有反抗，便招致一顿痛打。还有几名丧心病狂的联防队员，看中新娘的新衣，竟不顾廉耻，强行将她身上的衣物剥光。酒足饭饱，收获满满的联防队撤退之时，还放火烧去12间房屋、250担谷子；牵走8头牛、10多头猪，抱走鸡、鸭、鹅一大批……他们甚至还劫持了50多名村民担运掳掠得来的物资，并从抓走的5名村民处勒索去2000余万元（伪币）。

半溪村被扫荡的消息当天就传到翁虔独立大队，林卧龙等同志立即研究对策，制定“截物救民”的破敌方案，决定在距半溪 2 公里处的鸬鹚登滩布阵埋伏截击。

下午三点多，晴空万里，埋伏在附近的游击队员和民兵清楚地看见联防队和被劫持的村民抬着物资走来，他们知道狠狠打击敌人的时机来了。随着带队首长一声令下，游击队的机枪、步枪一齐向敌人开火。战斗突然打响，联防队阵营顿时大乱，队员惊慌失措，鬼哭狼嚎，大呼“上当”，并群龙无首般四处乱窜、躲藏，他们有的伏在路旁水沟里，有的寻找茅草树枝藏身，有的甚至跑去了河里……虽然还有少数联防队员开枪还击，但他们找不到明确的目标，只能乱放空炮。

游击队员和民兵越战越勇，在战场上高声呐喊“缴枪不杀，赶快投降；负隅顽抗，死路一条”。呐喊声山鸣谷应，联防队官兵胆战心惊。此时，联防队一排长腿部中枪，鲜血直流，直呼疼痛，更是打压了联防队的士气。

翁北联防队队长吴越南一看队伍士气低迷，已无还击之力，不得不下令撤兵，狼狈逃走。被抓的村民则见机潜逃回来。这一场鸬鹚登滩战斗，历时不到两个小时便取得了压倒性的胜利，大大鼓舞了游击队员和民兵的士气。

同年 11 月，半溪和中洞民兵经过集训整编，合并成为横直水民兵中队，吴时辉任中队长。随后，吴时辉带领的民兵中队在翁虔独立大队的直接领导下，配合游击队开展对敌斗争，深入千家万户，向村民宣传党的政策，发动群众开展减租减息、停租废债、破仓分粮、收缴地主枪支，打击土豪劣绅，惩办为虎作伥的地头蛇，搜集、递送情报等。吴时辉带领的民兵中队曾参加过 10 多次的战斗，如攻打得月楼、群辉、饶村、古家营、坝仔等地的联防队，及投身江西南径、大吉山矿、乌坵坝等地的战斗。多次战斗的胜利鼓舞了民兵的革命热情，也使敌人陷入人民战争的汪洋大海之中，龟缩着，不敢轻举妄动。这也说明了民兵在人民武装斗争期间发挥了极为重要的作用，而取得战斗胜利的关键就是依靠人民。

毛泽东在七大报告中曾说：“中国共产党和中国人民并没有被吓倒，被征服，被杀绝。他们从地下爬起来，揩干净身上的血迹，掩埋好同伴的尸首，他们又继续战斗了。”毫无疑问，战争是残酷的。据悉，吴时辉还担任过北一支队六团乌柏坝武工队队长。在他的革命道路上，多次与死神擦肩而过。有一回，礼岭的一位地下工作联络员来到吴时辉家里沟通工作，正巧吴时辉家中在煮番薯，两人本想吃完番薯再离开，不料番薯还没吃，国民党反动派却来了，两人只得快速逃离，逃到屋后时，国民党反动派的子弹像冰雹一样射过来，那位礼岭的联络员瞬间被打中，吴时辉也是艰险逃过一劫。还有一回，吴时辉穿着一条阔腿裤上战场，战况惨烈，敌人的子弹像暴雨搬扫射，吴时辉和战友们浴血搏杀，待战斗结束，整理衣装时，他才发现自己小腿部位的裤腿被敌人的子弹打了一个窟窿……作为战争年代半溪参与革命斗争的一员，吴时辉是幸运的，他幸运地看到了革命的胜利，看到了人民的解放，看到了中华人民共和国成立，但还有许许多多有名的、无名的英雄，他们为革命、为人民付出了生命，未能看到胜利的到来。笔者曾有幸与一位从游击战场上走下来的老英雄畅谈，谈到上战场时是否害怕的问题，老英雄的话至今言犹在耳，他说："怕，自然是怕的。但当你的亲人受尽屈辱，一个个地死在你的面前，你还有什么理由不握紧手中的刀枪。"在革命战争的年代，像吴时辉一样加入斗争的半溪村民极为常见，像半溪村民一样加入战斗的全国各地村民千千万万。他们为了国家、人民能走向光明，不惧以短矛对长枪，不畏以一对十、抗百，以青春之我，担时代之责，奋力从枪林弹雨中为亲人，为村庄，为中国开辟出新的光明道路。

铀矿出

1949 年后的中国，百废待兴。为了防止列强卷土重来，军事振兴成为重中之重。此时朝鲜战争爆发，帝国主义多次肆无忌惮地对中国进行核讹诈。对此，1955 年 1 月 15 日，以毛泽东同志为核心的党中央第一代领导集体，根据当时的国际形势，为了保卫国家安全、维护世界和平，高瞻远瞩、果断地作出了发展核工业的英明战略决策。

铀是核工业的最基本的原料，发展核工业首先要有铀矿。在党中央、国务院、中央军委的英明领导下，全国迅速组建铀矿勘查队伍。广东核工业地质队伍(前身是中南 309 队 2 队)在二机部的统一部署下，于 1955 年 9 月 6 日成立。他们带着开创新兴事业的责任感和光荣感，不畏艰难，不怕牺牲，忘我工作。同年 9 月 13 日，广东核工业地质队成立了 13 个小组，分赴湖南、广东、山西、内蒙古、辽宁、北京、福建、四川、云南、西藏、新疆等省、市、自治区开展放射性检查测量工作。

半溪下庄铀矿科普教育基地

当时，参加找铀的地质队员都是 20 岁出头的年轻人，他们肩负着国家和人民的期盼，在无经验、无图纸、无资料的情况下，白天攀爬在崇山峻岭间，一顶草帽、一壶凉水就是全部的物资，一把铁锤、一把罗盘、一把放大镜就是趁手的找矿“三件宝”；晚上露宿在荒山野岭，住草棚和杉皮房，点煤油灯，卧写普查点情况。条件恶劣，前路未明，但地质队员义无反顾，一直向上、向前攀爬，踏勘路线，进行放射性伽马测量，寻找铀矿化区或放射性异常带。

1956 年 11 月中旬，309 队第 2 分队技术员刘振国、四小队找矿员王昌发在贵东花岗岩体东北部的外接触带寒武系浅变质砂岩中发现新桥东铀矿化区，找矿员徐辉荣等在追索外界触带异常中，深入到贵东岩体内部，在翁源县岩庄半溪下庄村旁，发现硅化带与辉绿岩相交部位的下庄铀矿化区。

自此，为了支援国防建设，各地的核地质人员来到翁源半溪，组成广东省核工业地质局二九三大队，铀矿的探寻、炼制之路正式起航。当时爆破材料和掘进设备紧缺，地质队只能一边克服自然条件的限制，一边想方设法利用手边的工具创造新的施工方法，改善装岩和运输条件。一力降十会，地质队硬是在希望矿床 6 号坑道创造了月手工掘进 1330 米的世界奇迹。

同一时期，苏联的 3 名专家也来到半溪下庄指导铀矿工作。出于方便苏联专家开展工作的考虑，省政府在半溪当地招录了一名勤务员。当时招募勤务员的要求很严格，一是必须家世清白，根正苗红，以中下贫农为主，家族中有人当过土匪、国民党军人、地主恶霸等都不能入选；二是有一定的文化水平，至少初中学历（在战争年代，初中学历也是极为稀缺的）；三是熟悉当地情况，年轻体力好。在层层筛选下，当时年仅 17 岁的半溪当地村民梁宗仁入选。

梁宗仁不会俄语，只能听懂简单的几句。不过还好，苏联专家配有翻译。他主要负责给苏联专家带路、购买生活用品、陪同去广州开会等。据梁宗仁家属讲述，当年，虽然半溪村条件比较恶劣，物资比较匮乏，但我国政府尽力照顾苏联专家，食品站保障了蔬菜、肉食的供应，这也是梁宗仁成长以来少有的吃得饱，甚至可以说是吃得好的经历。当然梁宗仁的工作也并不轻松，他需要经常陪同苏联专家来回基地和普查点、探测点、采矿点。一天不能往返时，他还需要负责与附近的村民沟通，借住房屋，如果荒无人烟，就只能陪专家住寺庙或露宿荒野。不过，这些难，对于自幼放牛的梁宗仁来说，称不上苦。但好景并不长，大约两年后，苏联专家撤离下庄铀矿基地，梁宗仁也没有再服务地质队。

苏联专家的撤离，对地质队打击较大。在前期指导过程中，苏联专家没有系统详细介绍相关核工业知识，走的时候却带走了重要的图纸资料。但原子弹的研究不能因此停滞。

1958 年，广东核工业地质队在希望进一步勘探评价矿床开采铀矿的同时，也在下庄办起了全国第一家铀水冶厂，由王明健负责开展“土法炼铀”。土法炼铀就是利用木桶、瓷缸、石碾等生活中的物品替代相应设备，并根据原有的条件，重新设计铀原料提取的流程工艺。著名作家梁东元在《原子弹调查》写到翁源的下庄开展土法炼铀的情形：“很快，不到一个月，炼铀厂就建成了。厂房是用树皮、茅草和竹子搭起来的，草棚下并排竖立着几个大木桶，用以代替浸出槽，每个桶中装满了碎矿、硝酸和硫酸，被浸泡着的矿石在桶里发出咕咕的响声，浸出来的溶液从第一个桶里流进第二个、第三个……然后流进地下的容器里，再从容器里倒回到第一个桶中，反复浸泡沉淀。在这里，用布袋豆腐包搞过滤，用铁锅当反应器。在另一个草棚里，人们用同样简陋的土办法，把溶液慢慢烤干……十来个人要足足干半个月，才能从几十吨矿石中炼出很少的 200 克铀来。”

创业初期的“土法炼铀”现场旧图

土法炼铀遗址

在“土法炼铀”的过程中，因为没有防护装备，甚至需要直接用手操作，危险性特别大。1959 年 8 月，王明健在试验中经历了两次含有核辐射的爆炸，身体多处被烧伤，险些丧命，但他的信念始终如一，立志实验不成功就不停止。他的助手常常感叹：“和王明健在一起，不是在做科研，而是在玩命啊！”即使如此，铀水冶厂的全体人员还是铆足了劲，拼命干。经过无数次的试验，终于在当年 10 月 1 日前成功提炼出 1 公斤铀比重最高的纯金属铀，完成了半年内建厂并提炼出二氧化铀的原料——重铀酸铵的任务。

随后，在王明健的带领下，三年时间里铀水冶厂生产出 70 多吨的重铀酸铵，为我国第一颗原子弹研制提供了三分之二的核燃料。

惊雷一声，威震海空。1964 年 10 月 16 日下午 3 时，中国第一颗原子弹爆炸成功。而这一成功，离不开下庄铀矿田。下庄铀矿田，处于贵东花岗岩体东部，由东西向辉绿岩、北东向断裂、南北向断裂组成基本构造格局。这也是核工业地质工作者探明我国第一个花岗岩型铀矿床、我国花岗岩型铀矿的最大聚集区、建成我国第一条简法铀水冶生产线的重要历史场所。

曾在二〇三师服役的参核退伍军人罗澄海说："没有核我们就要挨打，就被人家欺负，所以当时咬紧牙关，觉得一定要完成这个使命，我们的青春都献给了核工业。"半溪的下庄见证了广东核地人一代又一代接续为国奋斗的光辉历史。2016 年，由省政府批准立项，广东核工业教育基地在翁源县坝仔镇半溪村建设。经过五年来的挖掘与建设，2021 年，广东核工业教育基地在翁源县坝仔镇半溪村揭牌。深藏于青山绿林间的半溪再次以"红色姿态"展现在世人眼前。

乡村兴

半溪村部分村容村貌

今天的中国，苦尽甘来。在阳光普照的中国大地上，青山环抱、溪水潺潺的半溪跟着党走过百年的奋斗历程，乘着改革的春风，抓住脱贫攻坚的契机，奏响了乡村振兴的"协奏曲"。随着城乡差距的缩短，村民也享受到经济发展的成果：宽敞平坦的硬底化公路、绿意盎然的休闲广场、干净卫生的公厕等基础设施日臻完善；冰箱、彩电、空调等家电入村入户；Wi-Fi、5G、光网等智能生活亦不再遥远。

浓密连绵的山林间，时常出现一个单薄的身影，他仔细查看林木的生长情况，观察林中是否有火种，是否存在乱砍乱伐现象……他，就是半溪村的护林员梁炳智。2016 年以来，半溪村在习近平新时代中国特色社会主义思想的指导下，贯彻落实上级党委、政府脱贫攻坚工作决策部署，坚持精准施策、聚力攻坚。2019 年底，半溪村的脱贫攻坚工作取得全面胜利，33 户贫困户 101 人全部实现脱贫。而梁炳智就是其中的一员。

梁炳智，在兄弟三人中排行老二，父亲瘫痪在床，母亲肢体残疾。父母离不开人照料，他便自愿留在家中照顾，让哥哥、弟弟外出打工。没资本、没技术，甚至没时间，梁炳智只能种些粮食、蔬菜以解决最基本的生存需求。脱贫攻坚工作开展后，梁炳智一家被纳为扶贫对象。在市人大办、农行韶关分行驻村工作队和村两委干部等的努力帮助下，梁炳智一家通过接受技能培训，购买新农合、新农保，以奖代补鼓励农业生产，加入花卉、光伏项目获分红等帮扶措施终于实现脱贫。2018 年，梁炳智父母接连过世。2019 年，当地政府考虑到脱贫攻坚和乡村振兴的有效衔接，聘梁炳智为半溪村的护林员，让其多一份工资收入，少一点返贫风险。

不仅梁炳智一家，半溪村的其他贫困户也在党的带领下迎来了生活的大变样。现在，半溪村两委干部对脱贫户实行动态监测，他们时常走村串户，了解脱贫户的家庭成员情况、生活状况、收入渠道以及生产生活中遇到的新困难、新问题，及时帮助解决，截至目前，半溪村返贫率为零。

半溪村“让村民生活好一点”的理想的实现，与坚持生态优先发展理念息息相关。从前，半溪村靠山吃山，种植有经济价值但易破坏生态的桉树、乱砍乱伐是常见的现象，当地村民多以种植业为主，产业结构单一，生活水平不高。自习近平总书记提出“绿水青山就是金山银山”的“两山论”后，半溪村转变了发展理念，禁止种植桉树，走生态引领经济发展之路。当前，半溪村林地面积近 8 万亩，近 6 万亩山林列入省级生态公益林补偿区域，每年补偿款达到 100 多万元。

依托生态资源，半溪村通过实施合作社带动，积极发展花卉、灵芝、红薯种植和鲟龙鱼养殖等特色种、养殖业，不但让更多的村民富起来，更是走出了一条“林下生金、生态富民”的新路子。

习近平总书记在广西考察时曾说：“让人民生活幸福是‘国之大者’。全面推进乡村振兴的深度、广度、难度都不亚于脱贫攻坚。”我们相信跟着党和国家发展的步伐，传承了顽强拼搏的革命精神的半溪村定将步履不停、未来可期。

参考文献：

1.《中国共产党翁源县地方史》（翁源县史志办公室 著）

2.《翁源县志 1988—2000》（翁源县地方志编纂委员会 编）

3.《战斗在北江——中国人民解放军粤赣湘边纵队北江第一支队史》（中共广东省委党史研究室、中共韶关市委党史研究室、中共清远市委党史研究室、北江第一支队老战士联谊会 合编）

4.《岁月硝烟》（翁源县史志办 编著）

5.《滔滔滃江》（中共翁源县委党史研究室 编）

6.《翁山烽火》（翁源县革命老战士联谊会 编印）

7. 翁源县档案馆保管的“坝仔半溪大队河背生产队是否革命老区”的报告、证明材料（1968 年）

8.《原子弹调查》（梁东元 著）

9. 下庄铀矿科普教育基地的宣传简介

10.《翁源客家山歌》（黄影祥 编）

半溪村简介：

半溪村是广东省韶关市翁源县坝仔镇下辖的行政村，由 15 个村民小组组成。位于翁源县坝仔镇东北角，与江西全南县山水相连，距翁源县城有 36 公里，距坝仔镇政府所在地 13 公里，距武深高速坝仔出口 11 公里，交通便利。村庄坐落于丘陵地带，自然生态条件优越，森林资源丰富，林地覆盖率达 93.57%，2002 年被韶关市政府规划为市级自然生态保护区，2020 年被评为广东省“林长制”示范点。村民经济收入以农业种植和外出务工为主。主要经济作物有水稻、蔬菜、花生；主要自然资源有山林、毛竹、铀矿、稀土矿、地下温泉；主要特色农产品有香菇、木耳、冬笋、鲟龙鱼、九节茶。

九仙传说

海龙王的儿子

张清水　张经才

从前有个捕鱼的人，捕了一只金龟，甲壳异常美丽，于是他很爱惜地载归家中，放入清水缸中去了。一个朋友听闻此事，要他让与其宰割，他坚决不从。

晚上，那只金龟忽地变为一个气宇轩昂、衣饰华美的美少年来向他答谢营救之恩。少年自称是海龙王的儿子，一定要报答渔人。问及年龄，两人恰是同年同月同日生，遂以同年相呼唤。

一日，天气晴朗，龙王的儿子邀渔人道：

“趁今天天气清和，和我一起到我家去走一趟罢！”

“水陆相隔，怎样去呢？”

“由水道去。”

“不会溺死么？”

“跟我去，可就无妨。”

“好……”

于是，两人缓步踱到河边。龙王的儿子摇身一变，变作那只金龟，嘱咐渔人紧闭着眼睛，牢牢地揪住自己的尾巴。渔人如法行事。只听“轰隆”一声，已钻入水中，渔人只觉水声哗哗，飞逝得很快，不曾稍觉有何水滴淋身。一会儿，鸡鸣狗吠之声相闻，人语嘈杂，原来已到龙王宫殿了。

龙王责怪儿子远游忘返，害得家人四处找觅，好不难过。龙太子告以缘由，并介绍渔人道：

“父亲！和我同来现在站在你面前的，就是我的同年！我的恩人！”

“谢谢你营救了小儿！”

“年伯！说哪里话？自家人不用客气！”

这般问询之后，龙王便留渔人在龙宫住下了。饮酒吃肉，朝夕侍奉，待以殊礼。

过了几天，渔人说要回去，龙太子向父王索得宝贝烟盒，依样领渔人回陆地，临别时说道：

“同年！感谢你的营救与爱护，无以为报，聊以稀有的宝盒一个相赠。同年好好回去吧，今后当不至再过贫苦生涯了。无论你想要什么，只要取出宝盒来摇摇，必能如愿以偿。不过那是宝贝，千万要好生保管，勿要遗失。若是遗失，可就找不回了……”

话毕，龙太子钻入水中，瞬即不见了。

渔人得了宝盒，摇摇摆摆地踱回家去。家人以为他已失踪，正在苦苦找寻，见其回来，甚是欢喜。只有父亲仍然很生气，不停地怒骂他，渔人告诉父亲缘由，并将烟盒拿给他看。父亲始终不信，将他赶出了家门。

渔人踱出家门，无处栖身，便掏出宝盒来乱摇，瞬即已置身于华丽的大厦中了。又摇一摇，美味的食品已摆在眼前，他便狼吞虎咽地饱餐了一顿。

第二天早晨，父亲一见大厦大为惊讶，才信了儿子说的话，后悔赶他出家门。渔人毫不怪罪，迎养其父于大厦中，使全家老幼一起地过着美满幸福的生活。

过了两天，他照俗举行新屋落成典礼，请到许多宾客来饮酒。那些酒菜，一点也没有用钱买、用人来办、用火来烧，完全是自宝盒中摇出来的。

之后，他以宝盒营生，成为巨富，远近驰名。

不久，宝盒的秘密被一个打渔的老友知道了，老友苦苦恳求借用，希望脱贫致富。他念及以往的情谊，也就慨然应允了。

老友借到了渔人的宝盒，很欢喜地飞跑回去，中途有一圳，阔约一米多，老友抖擞精神地跳过去，而那宝盒却被抛出来掉落水里去了，慌得老友连衫带裤地下水去捞了许久，都无所获。绝了水源来捞，也不见宝盒的踪迹。老友呆坐圳旁，想想将何以赔偿同年的损失，又想到自己命运多舛，不禁流下泪来。然而，渔人毕竟是个好人，他闻知失去宝盒，并没有责骂老友，而是归咎于彼此的命运不济。

那个宝盒呢，到底是物归原主，一落到水里，便给龙王看见，把它收了回去。

作者简介：

张清水（1902—1944），翁源人，著名文学家、民俗学家。

张经才，出生年不详，翁源人。

龙田麻柚柑的来历

陈耀全

龙田麻柚柑远近驰名，虽然个头不是很大，但清甜爽口、蜜味深浓，吃后回味无穷。

据说明代名将陈璘原本是天上御花园的雁（隼）精，很顽皮，经常与其他鸟吵架，还经常把与他作对的鸟啄得毛脱血流。于是这些鸟去向玉帝告状，玉帝一气之下，就把他贬到了凡间。陈璘到周陂龙田村投胎时，总想带点御花园的美食到凡间，于是衔了两粒麻柚柑种核下凡，飞到半空却掉了一粒，掉到翁源六里地面，剩下一粒便撒到陈璘出生地安公祠的门口。柑树长大后，结出的果实非常甜美，于是村民就不断种植，如今成为翁源的水果品牌。

六里香麻柚柑同是当年陈璘从天上衔来的种子，所以也与龙田麻柚柑几乎齐名，每到果熟时节就让人嘴馋。

作者简介：

陈耀全（1953—2019），翁源人，曾任《翁源县志》主编、翁源县作家协会理事。

献“蚊”求帐

黄影祥

明朝万历年间，规定民间不准挂蚊帐，这条禁令害得乡民备受蚊虫之害。尤其是南方，天气更热，蚊虫更盛，人民更苦。名将陈璘在朝廷做官后，经常为此事忧心忡忡，想方设法要帮天下百姓解决挂蚊帐的问题。

一天，陈璘来到朝廷向皇上请假，说急着回翁源家乡。皇上问他为何急着回乡。陈璘说，家乡的老母亲被蚊子咬成了重病，必须尽快回去看望她，为其治病。

皇上奇怪地问：你们南方蚊子那么厉害么，竟然会把人咬成重病？陈璘说，是啊，南方的蚊子最厉害了，在人身上轻轻一咬，就能让皮肤肿起来，咬得多了，身体不好的人会得上重病，危及生命。少年皇帝好奇，说，那陈爱卿赶紧回乡去看望母亲，回来时一定要带几个蚊子瞧一瞧，看看南方的蚊子有多厉害。

于是，陈璘便回翁源龙田村了。一个月后，陈璘让人抓来几只黄蜂，放到一个竹筒里，两边用纱布封住，快马加鞭回到京城。

上朝时，陈璘便把竹筒带在身上。皇上看到陈璘回来了，便高兴地说，陈爱卿，蚊子带来了吗？陈璘答道：带来了。皇上说，快呈上来我看看，南方的蚊子是何等厉害？陈璘便捧着竹筒走到皇上面前，把装着黄蜂的竹筒递给皇上。皇上两手捧着竹筒，眯着左眼往里看，看不到蚊子，便说，奇怪，我怎么看不到呢？陈璘说，皇上，蚊子睡着不动，当然看不到啦，您摇一下竹筒看看。皇上便用力摇晃了几下，果然听到里边有嗡嗡的叫声了。皇上兴奋起来，笑道：蚊子叫了！并用手指去弹和摸纱布。

陈璘见状说，皇上，我来帮您。便在竹筒的另一头用嘴吹气，把黄蜂往皇上那头赶。兴致正起的皇上手指突然被黄蜂咬了一下，哇哇大叫起来，连说：不得了，不得了！南方的蚊子果然厉害！不一会儿，皇上的手指便肿了起来。

陈璘说，皇上，要不要我打开纱布，将蚊子放出来看得清楚些？皇上赶紧说，使不得，使不得！陈将军赶紧把蚊子藏好，千万别让他们飞出来了！

陈璘趁机向皇上建议道，皇上，您被蚊子咬了一下就受不了，可以体会到民间百姓的苦处了吧！南方的蚊子如此厉害，北方的蚊子也很厉害的。因为朝廷不准百姓挂蚊帐，全国的百姓常年被蚊子咬得叫苦连天，深受其害啊！如果朝廷今天就宣布废除民间挂蚊帐的禁令，黎民百姓肯定会歌颂您的大恩大德的！

皇上闻言，看着被咬伤的手指，深有感触地说，既然蚊子这么厉害，那就颁旨宣布废除禁令吧。

从此，民间又可以挂蚊帐了，天下百姓晚上睡觉不再受蚊虫之害了。陈璘将军又为天下百姓做了一件大好事。

·文史钩沉

两个神枪手最后的枪声

李　迅

在粤北革命队伍里，有两位神枪手，他们以赤色的勇毅和共产党人的钢铁气节，完成了人生的最后一击，惨烈的枪声写下了他们青春的休止符，也演绎了游击战士的英雄传奇……他们书写的是悲怆而又令人感动的故事，尽管时间过去了许久，但回忆里依然充满热血与硝烟。听，两位游击队神枪手最后的枪声……

郭招信：风度大队神枪手

1945 年 8 月 1 日中午，外营村的天空被厚厚的黑云笼罩着，倒扣如锅，令人窒息。忽然，卷起了一阵横扫四野的狂风，接着便炸起一声惊雷，暴雨随着雷声砸下来，砸在围楼的屋顶上，砸在围楼下的鱼塘里，噼噼啪啪，分不清是枪声还是雨声……

围楼外，是国民党 187 师 559 团、560 团，他们纠集始兴地方武装，包围了外营村，妄图将国民党的抗日武装——风度大队、“营队”一网打尽。围楼内，是神枪手郭招信率领的 200 位风度大队队员和来不及撤退的村民。为了掩护大部队转移，队员们担负起阻击敌人进攻的任务。面对数倍于己的敌人的围合，郭招信指挥战士们掩护群众进入村内围楼。进入围楼后，他召开了战地会议，对战斗做周密部署：武装人员把守各个瞭望射击孔，狠狠打击来犯之敌，敌人上来一个消灭一个，不浪费一颗子弹。郭招信的枪成了敌人闻风丧胆的“死亡点名薄”，只要他的枪一响，敌人立刻丧命。

一天一夜的战斗使敌军遭受重创。

敌军见一个昼夜仍未攻下围楼，恼羞成怒，便把煤油泼到围楼门上，再用火烧。见围楼里的战士毫不畏惧，丧心病狂的敌军接着在村中放火烧民房，用村民做人质，企图用更疯狂的手段，把坚守围楼的战士和群众逼出来……此时，郭招信及时识破敌人的阴谋，坚定而响亮地对大伙说："敌人最残忍的手段也难不倒我们。宁死不屈，战斗到底，这是我们的誓言！"

枪声断断续续，战斗依然没有停止。

8 月 3 日上午，敌军挖了一条地道直通围楼墙脚，用几百斤的炸药进行爆破，只听"轰隆"几声巨响，炸塌了围楼西北一角，接着又向围楼发射燃烧弹，顿时围楼浓烟滚滚，火光冲天……

围楼内的风度大队、"营队"战士和村里的男女老幼，除极少数突围外，多数阵亡。

激战中，郭招信受伤了，他眼看着敌人蜂拥而至，却无法脱身，绝望之下用力砸烂了他那支心爱的德国造狙击枪，因为枪膛里没有一颗子弹了。

说时迟，那时快，最后时刻，郭招信一把夺过队员的手枪，对准了自己的脑袋……这位 30 岁的神枪手，用自杀表达了绝不投降的巨大勇气，彰显了共产党员宁死不屈的崇高气节。

郭招信生于始兴县沈所乡沈北村郭屋。他在年幼时就读于本村其叔父执教的私塾，后随父到县城的德华小学就读，直至毕业。因兄弟多，加之父母去世得早，家庭经济拮据，郭招信小学毕业后便无法继续读书。

郭招信回到乡村，常到做木匠师傅的叔公家里观察木匠干活。他手脚勤快，常常帮做一些零活，深得叔公赏识。后经胞兄介绍，在韶关市下后街的一间木匠店拜师学艺。由于他勤学苦练，加上原来有一定的木匠基础，技艺提高很快，不久便成为了师父的得力助手，木匠店的生意也逐渐火红起来。

一年之后，郭招信单独经营了一间木匠店，业务很快步入正轨。他还返回始兴承包了一栋小洋楼的建筑工程，承接了始兴县中山公园、玲珑岩古庙的修建工程。这期间，初出茅庐的郭招信饱受刁难和折腾，国民党政府敲诈勒索、克扣工程费，令他敢怒不敢言，但又不敢轻易放弃工程。无可奈何之际，他只得将自己的所有积蓄垫上、将全部工具卖掉，以支付拖欠工人的工资，匆匆结束了这些吃力不讨好的苦差事。

郭招信回到老家沈所后，每天除了进行木具修理外，就是上山打猎、下河捞虾钓鱼。自小聪明过人的他，干什么都能成为行家里手。他悉心圈养了几条猎狗，每次上山打猎时都带着。在这几条猎狗的帮助下，他都能捕到鹧鸪、山兔等，但经他用枪打中的猎物却少之又少，这使他深深认识到：打猎没有好的枪法是收获不大的。

于是，他拜一位老猎人为师，在射击上狠下功夫，以五十步、一百步、二百步的树杆为目标，用鸟铳、步枪轮流射击。由于大部分猎物速度很快，他又苦练了快速出枪法、快速换弹法，日积月累，练出了百发百中的好本领，被当地人誉为神枪手。好钢用在刀刃上，郭招信这一身绝技竟成了保家卫国的过硬本领。

郭招信的哥哥郭招贤是共产党员，他接任德华小学的校长后，就将弟弟招到学校任教师，兼做学校桌椅修理的活儿。德华小学是中共始兴地下党进行秘密活动的据点，大部分教师都是共产党员或进步青年。近朱者赤，在这里郭招信受到进步思想的影响，加深了对国民党黑暗统治的厌恶和痛恨。

郭招信利用假期组织教师以及高年级的学生到山上围猎，一是可以改善生活，增强集体意识；二是熟悉地形、地貌，练习射击，为日后的战斗做充分准备。每次上山围猎，大家都乘兴而去，满载而归。

有一次，师生们在河里游泳，忽然发现天上有一只老鹰在飞翔，他们立即告诉了郭招信。只见他不慌不忙地举起身边的步枪，瞄准片刻，“砰”的一声枪响，老鹰跌落在他们游泳的河面上。师生们交口称赞道：“郭老师的枪跟长了眼睛似的，指哪打哪。”

抗战爆发后，原为德国教会主办的德华小学断了经济来源，为了继续办下去改名为私立信义小学。在筹措办学经费时，郭招信耐心地做县政府有关官员以及地方乡绅的工作，最终得到了他们的同情与资助。

1944 年，由于日寇对“国统区”进行全面封锁，粤北经济极为困难，各种货源奇缺，郭招信受中共始兴地下党领导人吴新民的指派，从翁源运一批食盐进入始兴农村，他一边推销食盐，一边向群众宣传抗日思想。

同年秋天，郭招信随中共地下党领导人陈培兴、吴伯仲以及长兄郭招贤等人，到八约外营村组织外营抗日自卫队（简称“营队”），并担任指导员，管理、统筹营队的运作。在此期间，郭招信配合邓文礼、郭招贤等领导到沈所、沈北一带，开展抗日宣传工作，组织地方武装力量。日寇侵占始兴后，郭招信率领营队多次配合风度大队前往韶关至南雄公路路段的江崖婆石、高基岭等地袭击日军，均取得胜利，缴获不少战利品。

1945 年 7 月中旬，在始兴抗日武装的威慑下，盘踞在始兴县城的日军、伪军，乘夜色逃离始兴，风度大队乘胜追击，收复了始兴县城。想不到的是，在江西“三南地区”（龙南、定南、全南）的国民党第十二集团军所属的65军187师、160师，为抢夺抗战胜利果实，悍然攻占了始兴县城，并对县城内的抗日武装力量进行镇压。

1945年8月1日凌晨，国民党187师559团、560团纠集始兴地方武装共2000多人，兵分六路准备包围抗日根据地八约外营村，妄图将共产党的抗日武装——风度大队、营队一网打尽。在这万分紧急的关头，郭招信率领风度大队、营队的几十名干部、战士，担负起阻击敌人进攻、掩护大部队转移的重任。

郭招信指挥阻击部队边打边将敌人主力吸引到自己这边来。由于敌强我弱，整个村庄很快便被包围了起来。为了保护来不及撤退到村外的一百多名村民，郭招信带领阻击部队一边向敌人射击，一边指挥群众退到村边的一座高大的围楼里。

围楼是始兴城乡常见的建筑物，是古代村民们用来躲避贼盗兵匪的避难之所。这座围楼始建于1916年，竣工于1919年，前后用了四年时间，为全村村民集资所建。围楼顶端有四个角楼，底下是封锁两条小道的四个出入口，周围有几个清澈见底的大鱼塘围绕，形成一道易守难攻的屏障。

郭招信率领战士们和村民进入围楼后，对大家说：“同志们、乡亲们，不要怕，我们的大队人马很快就会杀回来的。游击队、共产党是消灭不了的。敌人有大炮、机关枪，我们也有土炮、机关枪啊，只要坚持战斗到底，一定能打退敌人的进攻！”

郭招信部署战斗任务，派出十多名战士坚守在四个角楼上，架起土炮，严阵以待，利用两挺机关枪，一支冲锋枪，几十支步枪、手枪、土枪守在各个瞭望射击孔前，居高临下封锁围楼外四个出入口和四个不同方向，不容敌人靠近围楼半步。围楼里的群众也各尽其能，妇女烧茶煮饭，老人照顾小孩。

一切安排就绪，大伙各就各位。

天亮了，敌人发现风度大队、营队战士已经进入围楼。由于围楼周围有鱼塘阻隔，敌人的大队人马拉不开架势，只好隔着鱼塘向围楼开火，并组织部队沿着小道向围楼发起一次又一次进攻。

激烈的战斗从凌晨打到天亮，又从天亮打到夜幕降临。风度大队和营队战士打死、打伤一批又一批敌人，迫使他们无法靠近围楼。深夜，趁敌人不备之际，郭招信组织战士们用粗绳子把一些群众吊出围楼外，希望他们能脱离险境。

战斗进行到第二天，敌人多次进攻无果后，实行“三光”政策：放火烧民房，杀猪杀牛，抢劫财物。还把抓到的群众押到围楼旁，用枪指着、用刀架着劝降，威迫围楼内的战士缴械投降。

一个小个子敌军官在两位大个子士兵的搀扶下，站到砖头砌成的制高点上，大声叫嚷："你们不要听信共产党的谣言，照这样坚持下去，只有死路一条！"

郭招信一边举起狙击步枪，一边回答道："我们跟定共产党了，只有共产党才能使我们劳苦大众有幸福日子！"

敌军官又嚷道："放屁！你他妈的放屁！"接着用手枪向着郭招信的方向打了一枪，打偏了。然而郭招信的速度更快，他的狙击步枪飞出的一颗子弹精准地将敌军官撂倒，让他永远闭上了嘴巴。

恼羞成怒的敌人接着发动了一次次猛烈进攻。

围楼内的勇士们凭借坚固的围楼外墙，也一次次击退了敌人的进攻。子弹打完了，勇士们挖墙头上的石块，雨点般砸向敌人，敌人伤亡无数，使围楼近处几口鱼塘的塘水也被染成了血色。

此次战斗，风度大队和营队以200人顶住了敌人2000人的进攻——1∶10的殊死较量。国民党军队以残暴的手段杀害了包括群众在内的112人，制造了震惊南粤的"外营惨案"事件。后来这座被战火焚毁的围楼，被人称为"红围"。

1945年11月27日，延安《解放日报》第一版以《国民党军队不断进攻我军，在始兴外营村实行"三光"政策》为标题，重现了这段惨案，揭露了国民党反动派的血腥暴行。

1951年，为了纪念外营保卫战的革命烈士和遇难同胞，始兴县人民政府将外营村更名为"八一村"，并修建了烈士陵墓以供后人凭吊。

曾茂芳：翁源游击队神枪手

1947年10月16日凌晨，在被浓雾笼罩着的如黛群山间，几个身影时隐时现在山间的小路上。千沟万壑汇集而成的滃江奔流不息，哗哗的水声盖住了队伍急速前进的跑步声。这是国民党翁北联防大队派出的手枪队，他们沿着山间小径偷偷地跟踪翁源游击队。不过，他们只是先遣队，后面还有200多人的虎狼之师。国民党翁北联防大队想要在短期内将翁源游击队斩尽杀绝，以泄屡屡被袭之羞愤。

到上午九点时，联防大队已悄悄将上叶屋村包围得严严实实，旋即以猛烈的火力进行攻击。游击队领导杜国栋和班长曾茂芳被困在上叶屋村小学内，见状立即组织突围。

曾茂芳和副班长吴水溪带领全班十多名战士，就地与敌人展开激烈战斗。

吴水溪奋不顾身地爬上校舍的瓦面射击，不幸中弹。曾茂芳和游击队员用手榴弹、步枪杀开了一条血路，掩护杜国栋和警卫员突围。

这时，敌机枪手瞄准突围中的杜国栋，正要扣动扳机，曾茂芳眼疾手快，立即施展神枪手的精湛射击技术，将敌机枪手打趴下了。

趁着敌人机枪哑火之际，曾茂芳大声地喊道："沿着沟渠往外走！沿着沟渠往外走！"杜国栋听从了曾茂芳的指引，在警卫员的火力开路之下，沿着那条又黑又臭的沟渠冲了出去，脱离险境。

此时，曾茂芳完全暴露在敌人的火力之下，但他毫不畏惧，坚持同敌人展开你来我往的火力交锋，他奋力将手榴弹掷向敌群，又以精准的枪法一连击毙了五六个敌人。

不幸的是，曾茂芳的子弹打完了。

英雄无剑，焉能杀敌？

敌人疯狂地向曾茂芳射击，一串机枪子弹破空而来，将他的血肉之躯撞击出热血之花……英雄流尽了最后一滴血。战火燃尽了他 22 年的火样青春。

曾茂芳是翁源县岩庄乡西坑村人，1924 年出生。他从小便受到良好的家庭教育。1940 年秋，以优异的成绩考上了岩庄乡中心小学。他性格刚毅直爽，在小学里结识了一些个性相近、志同道合的朋友。

曾茂芳的父亲是个远近闻名的狩猎能手，他常常跟随父亲跋山涉水，穿越密林，射飞禽、捕走兽。在与虎狼搏击的过程中，他强烈地意识到：一个出色的猎手，应该在崇山峻岭和莽莽林海里找到腾跃如飞的猎物，而且最终的目标是弹无虚发地将它击倒。因此，曾茂芳练就了一手好枪法，打造了一副强健的体魄，是制服凶禽猛兽的优秀猎手。

1942 年秋，曾茂芳以优异的成绩考入翁北中学。初中三年，他耳闻目睹祖国的大好河山被日寇铁蹄蹂躏，而国民党顽固派倒行逆施，不得民心。中国要战胜日本这个战争狂魔，中国共产党必定是中流砥柱。从此，在学校里，他不再不问世事，而是主动请教以教师身份作掩护的地下党员邓文礼、王仲文等人，并与一批进步学生商讨抗日宣传事宜，并一起举办民众夜校，组织、策划翁源县的学联活动。

1945 年 8 月 15 日，日本宣布投降。8 月 29 日至 10 月 10 日，国共双方签订《双十协定》，旋即国民党政府悍然撕毁《双十协定》，发动大规模内战。翁源县国民党顽固派为执行蒋介石的反共政策，扩大各级以防“共匪”为目的的联防队组织，企图扑灭翁江大地的革命火种。

1946 年秋，广东人民抗日游击队东江纵队奉命北撤山东烟台。中共粤北党组织在翁源的岩庄、坝仔一带留下叶镜、罗志文、张九、洪子等共产党员，他们负责扩大武装力量，进行艰苦卓绝的地下活动。接着，林卧龙、林奕龙等人奉命组建翁虔独立大队（简称“独大”），曾茂芳及时加入了这支游击队。

曾茂芳加入革命队伍后，竭尽全力帮助游击队解决实际困难。他与父母商量，把家中存留的部分钱、粮捐给部队作为给养。与此同时，他还把自己用于狩猎的德国造狙击步枪作为自己的战斗武器，还前往坝仔三坑曾屋，向姨丈借来一支驳壳枪，交给游击队一位同志使用。之后，他又与朱蔼洲、叶为仁等人在岩庄等地筹借枪支、弹药。曾茂芳担任游击队火箭中队班长后，经常跟随杜国栋、叶镜、罗志文等游击队同志出生入死，与敌人展开艰苦卓绝的斗争，以过人的胆识和精准的枪法，勇挫敌人的嚣张气焰。

为了进一步做好我党的统战工作，分化瓦解敌人，游击队在曾茂芳家里召开岩庄乡保长、绅士联合会议。在会上，游击队领导向他们分析了国内外形势及我党、我军的政策法令，教育他们不要与人民为敌，不要为国民党顽固派效劳卖命。与会人员纷纷表示愿意与人民站在一起，支持革命事业。后来，这些地方乡绅先后交出了长短枪 100 余支，为翁源游击队发展、壮大提供了武器装备。

解放战争时期，岩庄的西坑、上叶成为了游击队的驻地和活动地点，杜国栋、叶镜、林卧龙、罗志文等领导经常在这里开会、研究战斗方案。当时，国民党的翁北联防队驻在坝仔。曾茂芳便常常带领游击队员神出鬼没地袭击敌联防队，使敌人惶恐不安。国民党翁源县县长官家骥听闻联防队多次被袭，恼羞成怒，暴跳如雷，决定要“火烧上叶，血洗西坑”，以报损兵折将之仇。

1947 年 10 月 15 日晚上，曾茂芳和副班长吴水溪等十多人奉命到坝仔水口楼继续骚扰敌联防队。次日，天刚放晓时小分队到达上叶屋小学。经过一夜的急行军，游击队员们疲惫不堪，准备稍事休息后投入战斗。想不到的是，游击队进入了敌人设下的圈套，遭到重兵重围，损失惨重。

曾茂芳牺牲后，游击队领导除了做好抚恤、慰问等善后工作外，还在西坑村举行了庄严肃穆的追悼会。追悼会由叶镜主持，他号召游击队的全体同志要学习曾茂芳不怕牺牲、英勇顽强的革命精神，以杀敌之勇为死难的战友报仇雪恨。

枪械是战争中重要的对抗工具，也是进攻与防守的武器，而神枪手则是枪械的具身者，他们不仅具有与枪合一的神技，还具有丰盈的情感和高洁的灵魂。神枪手为复仇和正义而战，在战场上挥洒青春和热血……当五星红旗猎猎飘扬时，神枪手们会以英雄的名义铭记在人民心中！

作者简介：

李迅，中国报告文学会会员，广东省作家协会会员。

翁源客家织锦的文化价值与传承现状

邓颐文

邓颐文在织带

在粤北翁源，自南朝时期至今一直流传着一种与我们客家人日常生活息息相关的服饰技艺——翁源客家织锦制作技艺。翁源是千年古县，文化底蕴深厚，翁源客家织锦体现了丰富多彩的客家文化，是客家服饰中的杰出代表，是客家服饰文化中的一朵奇葩。2009 年和 2021 年，翁源客家织锦制作技艺先后申报为县级、市级非物质文化遗产代表性项目，我有幸先后成为该项目的县级、市级代表性传承人，同时也感到肩上传承责任的逐步加重。本文将对伴随了我 20 多年的翁源客家织锦的文化价值和传承现状做一个细致的介绍。

历史价值和人文价值

客家织锦是一种织布、织带、编织帽子等客家衣物和饰品的编织技艺。古时流行于粤北翁源各乡镇，至今在翁源龙仙镇、坝仔镇等地仍有多人使用这项传统技艺。

翁源人绝大部分为客家人，自1500多年前南朝时期就有客家人利用棉纱、丝绸等纺织材料编织布、织带等各种织物。翁源客家人几乎家家都有织机等织布、织带工具，几乎每个女人都会织锦。古时人们的衣着都是依靠自己或翁源本地人织布供给。男耕女织是人们通常的一种生活状态。织布、织带的工具由木头和竹片等材料所制。用来背小孩的背带是一种常见的织锦，在女子结婚时，背带是必备陪嫁品，也很实用。赠送背带，寓意着祝福新娘婚后带儿带女，多子多福。在小孩子满月礼时，背带、小孩衣、裤和鞋、帽也是上好送礼用品。

客家的婚恋嫁娶、日常生活都离不开织锦。客家姑娘从小就要跟母亲学习挑织技术，结婚时必须有自己亲手织的一件织物做嫁妆，这样的习俗代代相传，沿袭至今。随着时代的发展，许多织锦的女孩子和妇女，也常常织御寒毛衣。

在翁源广大地区，仍有部分老年人传承着客家织锦制作的技艺，有一些家庭还保留了制作工具，时常会制作一些织锦。许多家庭珍藏着具有几十年乃至上百年历史的帽子、带子或织布。

近年来，我所在的群陂村和坝子镇辉星村、龙仙县城等地，还常有人从事织带、织帽、织布的织锦。所织物品常在街头或店铺售卖，可作为礼品和陪嫁用品。现在，农村地区一些老年妇女仍然保留了包额头的习惯，这些可以御寒、防潮的头额织锦常常是她们自己亲手制作的。

客家织锦制作技艺表现了客家女人的勤劳朴实、自力更生、心灵手巧、重视礼仪等品德。她们从小学习织锦技术，并且这种技艺常常伴随其一生，具有重要的历史价值和人文价值。织锦历史传统和审美习惯有着密切的关联，织带、织布上所用的每一种图案的背后，蕴藏着客家人对于吉祥、富贵、丰收的向往，体现出丰富的文化价值。织锦做工精巧、设计简约，产品充满朴素美，因而也具有较高的艺术价值。

织锦的主要方法

织锦一般以棉纱线或麻纱线为经、纬线。采用两组经线和四组纬线在缎纹组织地纹上提织各色纬花，形成对称花纹，或用多种彩纬线挑出花纹。传统的花纹图案有花、鸟、鱼、虫、兽以及“万”字、“双喜”等文字图案，比较常见的还有各色几何图形，通过抽象图案的重复、平行、连续、间隔、对比等方式，构建丰富的视觉效果，各色图案线条粗壮有力，色彩艳丽，常用几种不同颜色的丝线织成。色彩以红、绿、黑、黄为主，一般多以红色为背景，绚丽多姿，对比强烈，具有浓艳粗犷的艺术风格。品种繁多，按用途可分为花边绸、腰带绸、头巾、围巾、被面、台布、背带、背包、坐垫、围裙等。

手织布的织造工艺极为复杂，从采棉纺线到上机织布经轧花、弹花、纺线、打线、经线、刷线、作综、闯杼、吊机子、栓布、织布、了机等有大小72道工序，全部采用纯手工工艺。每道工序、每件产品都包含着繁复的劳动，令人叹为观止。

织锦的工具主要有织布机、织带机。简易织带机的构件主要有：织带竹片、圆竹筒或圆钢管、织带梭子、纱线、麻线。

下面以简易织带为例，介绍织带的制作过程。

1. 准备材料和工具。材料用麻线或纱线，线的颜色有白色、黄色、红色、绿色、紫色等；工具包含梭子、圆竹筒、织带架、钩针。

2. 架线。将纱线的一端固定在门上或墙上。一端绑在织带人腰间。

3. 织带。织带时，通常是站立作业。织带人腰板要直，要把纱线拉直。被拉直的线为经线，织上去的线为纬线。经纬线中分为上线和下线，操作时，用手指或钩针挑住其中的一些经线，用纬线穿过经线，梭子来回拉动，梭子带着纬线过去，然后压纬，如此使经纬线交错。基本动作有：布线、串线、挑线、拉线、压线。

织锦的主要特征

织锦具有浓郁的客家特色和客家风情。所用材料简约、朴素，麻布和沙线、蚕丝的材料容易采集，便于操作。一般人一周时间便可学会并自行操作；织布、织带劳力简单，一人便可作业。织锦因其图案寓意深刻，常用于人们的婚嫁、生育以及节日庆典中。织锦中的织布，穿在身上保暖、吸汗、透气、舒适；织锦中的小孩帽子、肚兜、背带是婴儿幼儿时期的日常生活用品，实惠耐用；在乡村振兴发展中，织带、织布是特色旅游产品。织锦技艺见证了翁源乃至全国客家人千年以来的服饰的发展。

翁源客家织锦（布）

翁源客家织锦产品（织带）

织锦的传承

20 年来，我时常在空闲之余，向婆婆和长辈学习织锦技术，水平日渐提高。近 10 年来，我积极筹建八泉文化园织锦传承基地，并举办了多期展览活动和培训活动，设计了皮包饰件、围裙、家居用品等一些时尚服装、服饰产品，期望尽自己所能，为传承织锦技术和织锦文化作贡献。

2021 年 5 月 5 日，传承人邓颐文在八泉文化园开展客家织锦技能培训　罗智聪 / 摄

2020 年 12 月，韶关市非物质文化遗产保护中心、韶关学院和韶关市文史研究会的专家、教授来到八泉文化园，开展调研和织锦体验活动。之后也有一批批游客前来体验。看到他们乐在其中并带走我的许多产品，我感受到了织锦传承的快乐。

2021 年 5 月，翁源县

妇联、翁源县文化馆在八泉文化园开展织锦培训班，我带着30多位学员一起学习织锦技术，设计时尚服饰。看到许多年轻人热爱非遗，愿意学习织锦技术，我看到了客家织锦的美好未来。

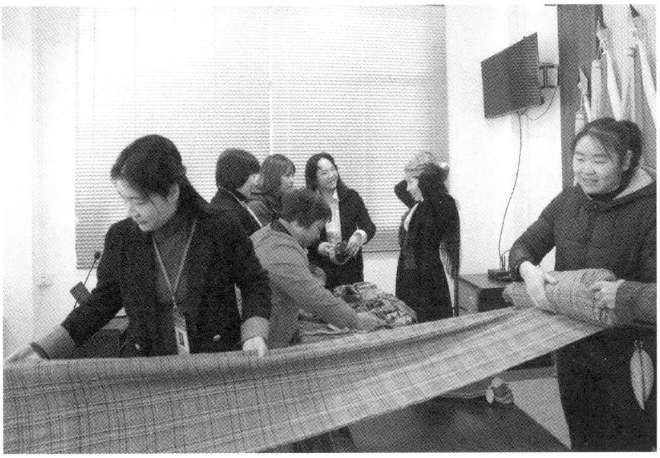

织锦传承进社区

作者简介：

邓颐文，韶关市民间文艺家协会会员，韶关市民间文艺家协会翁源县工作委员会副主任，翁源县作家协会会员。韶关市市级非物质文化遗产代表性项目“翁源客家织锦制作技艺”代表性传承人。

·客家艺苑

月光谣

1=F $\frac{4}{4}$ 抒情、美好地

作词/作曲：秋林

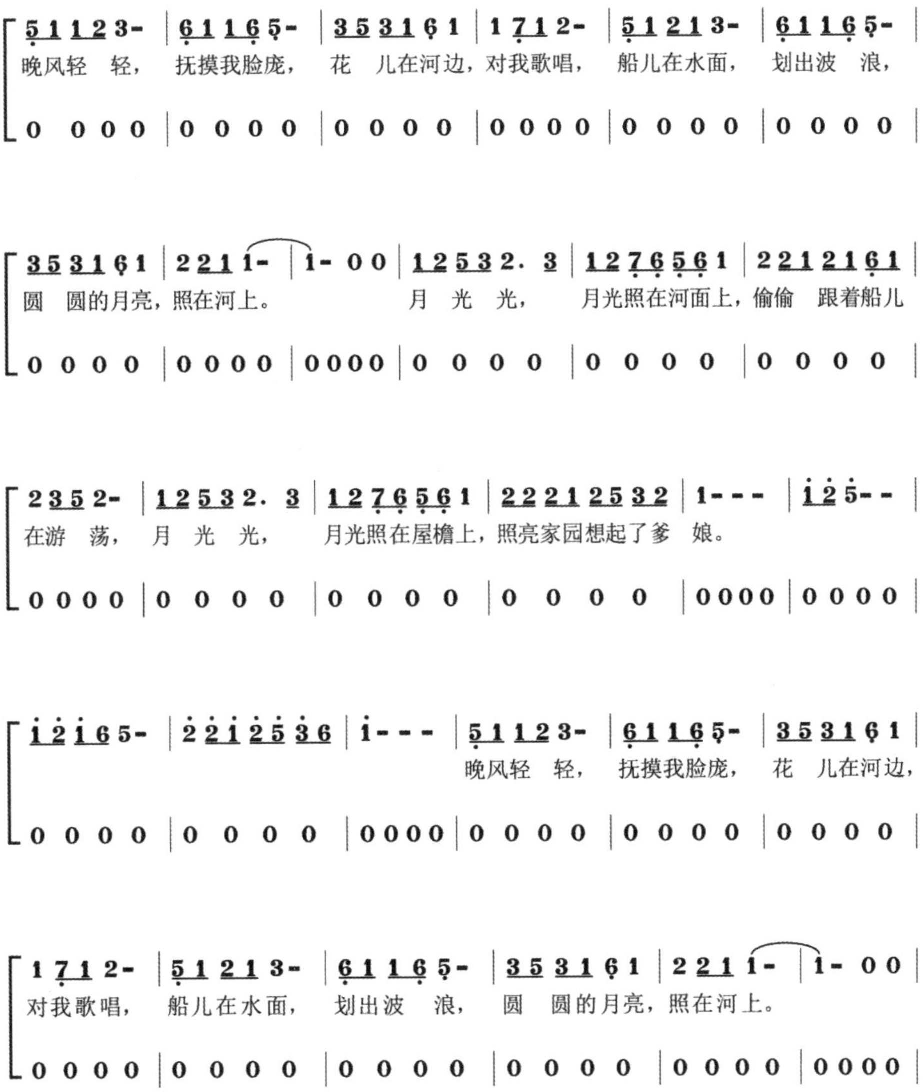

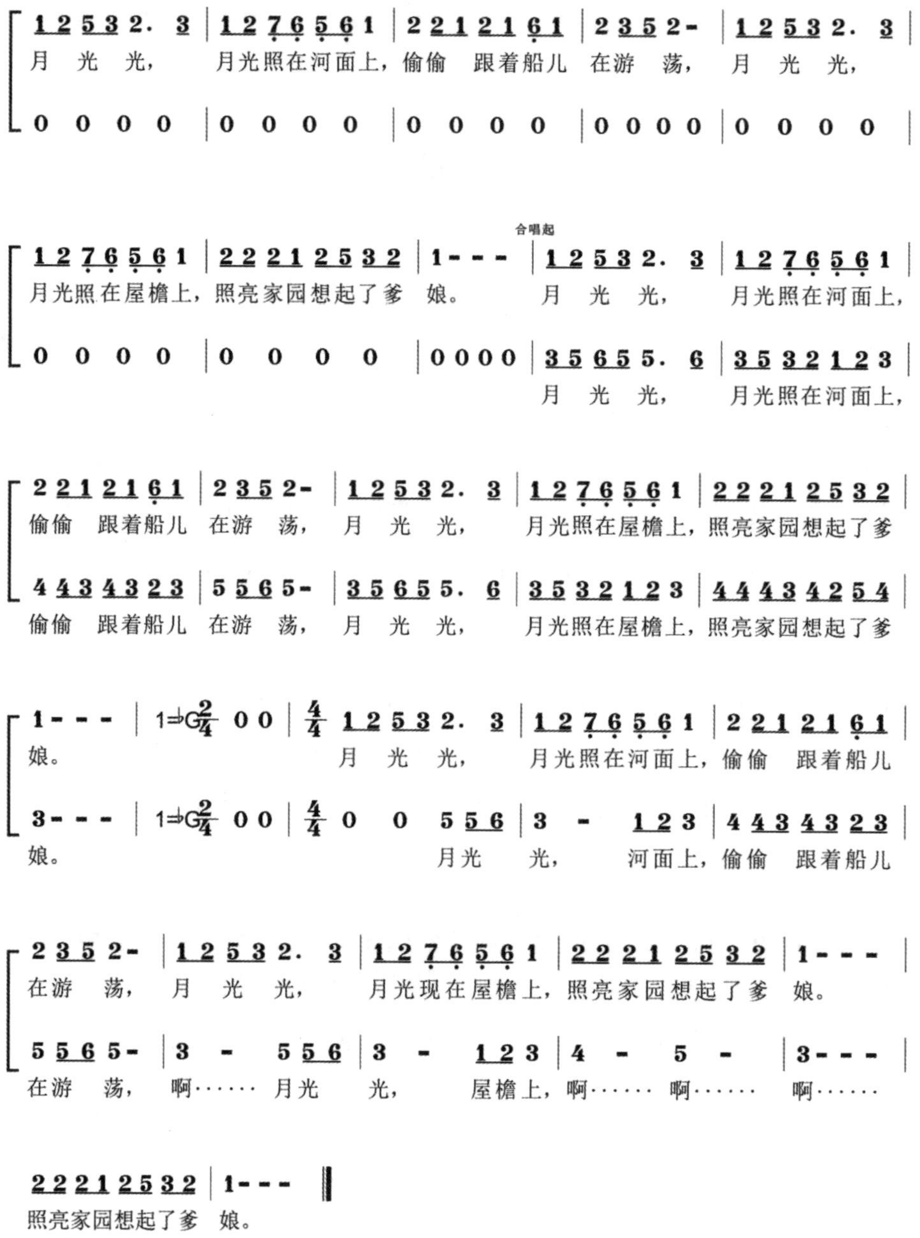

作者简介：

秋林，原名李秋林，翁源人，唱作人、音乐制作人，影视配乐师。客语民谣代表人物。

乡村振兴换新装

胡可超

山歌一唱就开腔，
高歌时代新篇章；
农村建设大变化，
乡村振兴换新装。

乡村振兴换新装，
村村处处路康庄；
环境优雅规划好，
人间美景似天堂。

人间美景似天堂，
灯火通明映广场；
村民欢聚在一起，
唱歌跳舞身健康。

唱歌跳舞身健康，
青松翠柏果飘香；
环境迷人真是好，
好山好水好风光。

好山好水好风光，
处处鸟语花芬芳；
高山连绵景色好，
河水清清流东方。

河水清清流东方，
生活越过越甜香；
百姓走上致富路，
满街靓车新楼房。

满街靓车新楼房，
安居乐业奔小康；
党政英明好决策，
创造农村新辉煌。

创造农村新辉煌，
振兴路上大步上；
全民喜迎“二十大”，
党的恩情永不忘。

作者简介：

胡可超，翁源县文化馆辅导干部。

徐尚同

编剧 / 许全武

人　物：徐尚同——男，地下党员，翁源中学校长。

徐夫人——女，徐尚同夫人。

廖　梅——女，地下党员，新来的翁源中学教师。

许谷成——女，地下党员，翁源中学学生。

郭有鹏——男，地下党员，翁源中学教师。

林铭勋——男，地下党员，翁源中学教师。

甲乙丙丁——两男两女，地下党员，翁源中学学生。

女教师——翁源中学教师。

王督学——男，翁源中学督学。

牛队长——男，伪巡逻队长。

队　员——男，伪巡逻队员。

匪团长——男，国民党军团长。

匪士兵——男，国民党军士兵。

第一场　翁中火种

时　间：一九三九年夏。

布　景：小街景色，街中有稀落行人，“悦来”客店一角。

［徐尚同上。

徐尚同：（唱）　　山雨初歇柳色新，

设宴小镇接亲人，

廖梅同志来粤北，

特殊旅途意义深。
翁中今日迎远客，
约会安全最要紧。

（向内喊）谷成！谷成！

[许谷成上。

许谷成：徐校长。

徐尚同：谷成，省城来的同志估计也快到了，你去门口迎一迎，接头暗号不变。

许谷成：好！（拿起一篮粽子到大门口摆卖，徐尚同从内门下）

许谷成：（吆唱）粽子，粽子！刚起锅的翁城大肉粽！

[廖梅教师打扮，擎一把伞上。

廖　梅：（唱）　　　穿过一岭又一岭，
身挑任务翁中行，
悦来客店目的地，
门前便是卖粽人。

（白）靓妹，有客位吗？

许谷成：里边有客位，请。

廖　梅：有绿豆粽卖吗？

许谷成：有，也有大肉粽。

廖　梅：就要两条绿豆的。

（许谷成与廖梅交货付钱间，伪巡逻队牛队长与队员上）

队　员：队长，你看那个女的，是个洋妹子咧！

牛队长：你这个老色鬼，一看到靓妹就眼珠仁榷嘴样！

队　员：（一本正经地）队长，不是在下好色，而是这段上峰布置要加强“防奸、防敌”呀！

牛队长：“防奸、防敌”？

队　员：是呀！我看这女的端庄而不失斯文，大方而不乏沉稳。可不像本地的乡下妹，不得不防呀！

牛队长：（迟疑一下）有道理，有道理……你小子今日说的还像点人话。走，查查去。

队　员：（急忙地）站住，那个靓妹给我站住。

许谷成：（和气地）长官、长官，这是我的客人，你们叫谁站住哇？

队　员：（指着廖梅）就是她，走。跟我们到乡公所去一趟。

廖　梅：笑话，我一个普通百姓，凭什么要跟你们走一趟？

（唱）　　　　天晴日头红彤彤，
阿薯做事暗蒙蒙，
百姓唔系鸡麻仔，
任你想笼就好笼。

牛队长：靓妹，话可不能这样说吓！

（唱）　　　　日头落西又出东，
警察唔系昂勾钟，
防奸防敌抓细作，
样样称砣么咁重。

[徐尚同从内出，上。

徐尚同：牛队长！牛队长！

牛队长：唉，徐校长，什么风把你吹到这来哩？

徐尚同：牛队长，这是我们学校从省城请来的廖老师，想在这设个便宴迎接她的呀！

牛队长：广州来的呀！这……

徐尚同：（机智地）说起来呀，廖老师还是个翁源人哩！

（唱）　　　　她生在盘洞大廖堂，
父亲名叫廖和昌，
早日丧父去省城，
十年漂泊未回乡。

牛队长：盘洞的廖和昌？

徐尚同：是呀！以前专门卖烤红薯那个呀！

牛队长：咦！番薯昌的妹子也教起书来咧？

许谷成：女大十八变，河里的大石头也有转侧的时候哟！

徐尚同：是呀！是呀！大家都乡里乡亲啰，牛队长你看可否行个方便？

牛队长：既然徐校长都把事情讲清了，那就回头去乡公所补办个手续就得了。

徐尚同：牛队长，大热天的弟兄们巡逻那么辛苦，等下跟我们一起搞两杯？

牛队长：多谢了，徐校长，兄弟还有任务，告辞了！

徐尚同：（把两块大洋塞给牛队长）那牛队长就自便吧，这点小费就给弟兄们买点酒喝。（牛队长顺手收下）

牛队长：（打躬作揖）徐校长，廖小姐，兄弟奉公办事多有得罪了！

[牛队长与队员下。

廖　梅：徐校长，要不是刚才你随机应变说我是一个“翁源人”，都不知会惹出多大麻烦来！

徐尚同：好在你来前，我就预先找好你的替身了。

（唱）　　事发前早有预防，
小伎俩派上用场，
阿昌女系移花接木，
却躲过麻烦一桩。

许谷成：徐校长这一招真是克敌制胜呀！

徐尚同：（谦虚地）还克敌制胜呢，差一点我都没辙了。咱们进去吧？

[三人同进屋内，郭有鹏、林铭勋从内室上。

徐尚同：同志们，我来介绍一下，这是省委派来我们翁中工作的廖梅同志，这是郭有鹏同志、林铭勋同志、许谷成同志。

（大家互致问候、握手……）

同志们，现在开会，这次会议有两项议程，一是廖梅同志传达上级指示精神，二是讨论成立翁中党支部。下面请廖梅同志发言。

廖　梅：受尚同同志邀请，省委指派我来翁中工作。目前我们的主要任务是：

（唱）　　抗日战事日趋紧张，
努力开展基层建党，
团结带领青年学生，
积极推动抗日救亡。

（白）我们要充分发动青年学生，从中培养发展一批中共党员，然后通过他们的桥梁作用，把党的工作逐步深入到农村去。

郭有鹏、林铭勋：（互动地）说得好！说得好！

徐尚同：上级已批准我们翁中成立党支部。我提议，第一届中共翁源中学支部委员会成员由我们在座五位同志组成，如果没有意见，请大家举手通过。

（众人举手一致通过）

廖　梅：同志们，这是一个光荣的时刻，因为翁中党支部的成立，标志着翁源县第一个基层党组织的诞生。

徐尚同：现在会议议程全部完成，散会。

[大街上突然传来急促的警哨声……

郭有鹏：什么情况？

许谷成：我去看一看！

徐尚同：好！（许谷成急着出门，与火急赶上的牛队长撞了个满怀）

牛队长：哎哟，妈的，没长眼睛哪？

许谷成：牛队长，你什么事那么急呀？

牛队队：有个偷狗贼从这边走了，你看见没有？

许谷成：（机智地）看见了，看见了，从南门街跑了！

牛队长：追！……（与队员急追下。许谷成回到屋内）

林铭勋：怎么样？

许谷成：没事，抓一个偷狗贼，走了。

徐尚同：廖老师，咱们撤吧？

廖　梅：好，撤！

[众造型，灯暗。

附　本场人物年龄表：

徐尚同：30 岁

许谷成：18 岁

廖　梅：23 岁

牛队长：30 岁

队　员：25 岁

郭有鹏：23 岁

林铭勋：22 岁

第二场　驱逐督学

时　间：一九四零年春。

布　景：翁源中学校园，校长办公室一角。

[王督学得意地迈着矮步上。

王督学：（唸板）　　　人逢喜事精神爽，
月到中秋格外光，
多得乡绅来举荐，
督学今日升校长。
旧日受尽窝囊气，
今朝全部一扫光，
头也昂来身也轻，
快把校长宝座来饱尝，
来饱尝——

（王督学坐到校长椅上，十分得意，不时地用风油精擦鼻子）

[女教师急上。

女教师：（急促地）王督学！王督学！

王督学：（不满地）嗯！什么王督学，你的眼睛是不是长到屁股上去啦？

女教师：（忙纠正）王……王校长。不好了，不好了！

王督学：（连打喷嚏）阿嚏！大吉利是！你真是乌鸦嘴，什么不好了，死了爹，还是死了娘呀？

女教师：是闹学潮了，学生们都罢课了。

王督学：什么？好端端的罢什么课？

女教师：情况不清楚，学生们都在校坪里集合了。

王督学：（急得团团转）反了，反了！去，通知他们都回课室，派出代表来校长办公室，去呀！

女教师：是！（急下）

王督学：（拿风油精胡乱地擦着额头，在办公室来回地兜圈）

[甲乙丙丁举着各写有“坚持抗日”“反对投降”“坚持团结”“反对分裂”内容的标语旗并喊着口号，拥进校长办公室。

王督学：（装腔作势）静一静，大家静一静，都站好了，听我说。

（唱）　　你等都是少年郎，
　　　　　正该读书在课堂，
　　　　　抗日诸等窗外事，
　　　　　少去关心又何妨？

学生甲：现在全国人民都同仇敌忾，正所谓："国家兴亡，匹夫有责。"你这样说，是要与全国人民为敌吗？

王督学：（语塞）这……

学生甲：我们今天罢课有两个条件，校方如不答应，决不复课！

王督学：（无奈地）你们有什么条件？

甲乙丙丁：第一个

（合唱）　　答应条件第一桩，
　　　　　同意学生去下乡，
　　　　　发动群众做宣传，
　　　　　坚持抗日反投降！

王督学：那第二个呢？

甲乙丙丁：（接唱）　　地方乡绅太反动，
　　　　　罢免校长好乌龙，
　　　　　无理取闹不合法，
　　　　　施行倒退实不公。

（白）必须立即恢复徐校长职务！

王督学：安静，安静！你们提的第一个问题校务会迅速研究落实。至于第二个问题嘛，是学校当局为防止学校被"赤化"所作出的正确决定，不得更改的！

学生乙：据我们所知，你一上任"校长"，一味推行野蛮教化政策，相当不得人心。

王督学：（恼羞成怒地）你不就是那个《蝗虫》的作者何以坚吗？

学生乙：是的，是我。

王督学：你在《蝗虫》中含沙影射国民政府，污抹政府官员。没被学校开除已经是便宜你了！现在又图谋不轨，扰乱教学。来人！把何以坚给我抓起来！

[徐尚同幕后音“住手！”——徐尚同上。

徐尚同：（严肃地）王督学,《蝗虫》这部作品没什么错，为什么要把何以坚抓起来?

王督学：（一见徐尚同，心虚地）他……他恶毒攻击国民政府，污抹政府官员。

徐尚同：老调重弹。蝗虫专吃粮食，学生憎恨蝗虫。王督学， 你这样怀恨学生，难道你承认自己是蝗虫吗?

甲乙丙丁：（赞扬地）说得好！哈哈哈！……

王督学：（蛮横地）一个个给我住口！何以坚今天这么放肆，一定有“赤化”分子教唆，一定要抓起来审问！新账老账一起算。

甲乙丙丁：不许抓人！不许抓人！

徐尚同：王督学，同学们说得对，你有什么权利抓人?

王督学：我是校长，当然有权处置学校的一切事务。

徐尚同：好！我说你现在就不是什么校长了！

王督学：（惊愕地）你！你凭什么说我不是校长！

徐尚同：（从衣袋中取出委任状）何以坚同学，你来念一念。

学生乙：（接过委任状）兹任命徐尚同先生任翁源中学校长。翁源县国民政府。

甲乙丙丁：（同时鼓掌）好！——好！——

徐尚同：（递委任状）王督学，过过目吧！

王督学：(哆嗦地看完委任状)这……(一下子瘫在办公椅上。突然又起身欲走，摸不着北一头碰在门上，“哎哟！”一声，灰溜溜地下)

甲乙丙丁：（打着“V”的手势，兴奋地跳起抗日舞蹈《大刀进行曲 》来）

（原音唱）　　大刀向鬼子们的头上砍去，
全国爱国的同胞们，
抗战的一天来到了，
前面有工农的子弟兵，
后边有全国的老百姓。
咱们军民团结勇敢前进，
看准那敌人，
把他消灭，把他消灭！
大刀向鬼子们的头上砍去！
杀！

徐尚同：同学们，我们驱逐了王督学，取得了反对地方反动势力斗争的初步胜利。但是，我们目前的任务还很重。

（唱）　　爱国救亡掀高潮，
　　　　粤北抗战风火燎，
　　　　各行各业磨拳掌，
　　　　党政军民志气豪。

甲乙丙丁：徐校长，我们应该怎么做？

徐尚同：党组织肯定了同学们前段时间组织的“抗日救亡歌咏团”下乡演出的成绩，不过……

甲乙丙丁：不过什么？

徐尚同：组织上又认为，学校除你们几个外还有几名党员同学身份可能已经暴露，必须立即撤离。

甲乙丙丁：立即撤离？

徐尚同：对！党安排你们到抗日游击队去，怎么样？有困难吗？

甲乙丙丁：（士气高涨地）听从党的安排！

徐尚同：那咱们就赶快分头行动，通知相关同学，今天就秘密离开学校，奔赴抗日前线！

甲乙丙丁：是！

[众造型，灯暗。

附　本场人物年龄表：

徐尚同：31 岁

王督学：40 岁

女教师：25 岁

甲乙丙丁：18—19 岁

第三场　正气千秋

时　间：一九四八年七月。

布　景：高墙与铁丝网，牢房一角，天空愁云密布。

［幕启：匪团长和匪士兵带徐夫人上。

匪团长：徐太太，你稍等一下，徐先生马上就到。

（挥手示意与匪士兵离开）

匪士兵：团长，有徐太太这样漂亮的女人做老婆，那个姓徐的还去搞什么革命哟？

匪团长：（冷笑）嘿哩！……共产党员个个都是屎坑下的石头——又硬又臭。

匪士兵：既然都是死硬分子，还叫他老婆来与他会面干什么？

匪团长：（扯了一下匪士兵的帽舌）你知道个屁！这叫打“亲情牌”，懂吗？

匪士兵：（似懂非懂地）人非草木，孰能无情。或许这招会灵，会灵，嘿嘿！……

匪团长：（警告地）你的话也太多了吓！

匪士兵：（赶忙立正）是，团长！

［匪团长、匪士兵速下，复押着徐尚同上

徐尚同：（唱）

又是一夜彻未眠，
白费敌人用酷刑，
愿得此身长报国，
坐牢只为主义真。

匪团长：徐先生，我们讲话是算数的，你看，你的夫人不是看你来了吗？

徐尚同：（同时地）夫人！

徐夫人：（同时地）尚同！

匪团长：（别有用心地向夫人使了个眼色）徐夫人，你们夫妻俩就好好聊一聊吧？（下）

徐夫人：（牵挂地）尚同，你的胃不好，这些天胃还疼不疼？

徐尚同：（安慰）不要紧，你看我不是很好吗！

徐夫人：（深情地）别骗我了，你受的苦，难道我心里还不清楚吗？

徐尚同：夫人，敌人越猖狂，说明他们越心虚，夫人哪！

（唱）

夜色越深天快明，
华北战场势喜人，
法西斯正日薄西山，
红色江山属人民。

徐夫人：（唱）

一条道上做夫妻，

千斤重担同挑起，
风风雨雨避一屋，
祸祸福福不分离。

徐尚同：（唱） 千斤重担压你肩，
悉心照顾一家人，
待到春暖花开日，
山河红遍玉宇清。

徐夫人：（唱） 夫君有疾病缠身，
为妻不在夫身边，
冷冷暖暖自关顾，
妻在千里盼归人。

[匪团长拿“悔过书”上。

匪团长：徐先生，不，应该叫徐书记！怎么样，夫妇俩商量得怎么样了？

徐尚同：团长先生，我不明白，你要我们夫妇俩商量什么？

匪团长：好！我们就打开天窗说亮话吧！这样，我这里有一份“悔过书”，只要徐书记长在上面签个名，就什么事都“OK”！（向徐尚同递“悔过书”）

徐尚同：（不屑一顾地）团长先生，我劝你们不要太费神了，你们在动刑中得不到的东西，利用我爱人来打亲情牌同样得不到。

匪团长：（收回递“悔过书”的手，将“悔过书”放在徐尚同身边的台上）徐先生,何必那么固执呢？我知道,你也是在国民政府干过事的优秀人才，如果不是信仰不同，咱俩可能会成为朋友。

徐尚同：（义正辞严地）我们不是朋友，我们也永远不可能成为朋友！

匪团长：（狠狠地）你，徐尚同——

（唱） 前边有条阳光道，
你偏要走独木桥，
自绝党国万不该，
毁却前程死路一条。

徐夫人：我家先生教书育人有什么错？你们为什么无缘无故地把他抓起来？

匪团长：哼！无缘无故？徐尚同“奸党”之名已经坐实，到现在仍然执迷不悟。

若不是我们宽大为怀，他早就像你们的儿子那样，去见共党的老祖宗马克思了。

徐夫人：（大惊）什么，我儿子？你们把我儿子怎么啦？尚同，咱们的忠儿怎么啦？

徐尚同：（悲愤地）忠儿他……他是我们的好儿子，他也是党的好儿子！

徐夫人：（悲痛欲绝地）忠儿——

（唱）凄风苦雨响惊雷，
噩梦击得人心碎，
老天何负积善人，
独苦忠儿魂何归？
恶根都在反动派，
滥杀天良滔天罪。

（白）我，我跟你们拼了！（扑向匪团长）

匪团长：（一惊）来人！快把这个女人带下去！

（匪士兵与匪团长分别将徐尚同夫妇分开，匪士兵押徐夫人下，这过程中幕后伴唱）

（幕后歌）万恶社会多祸灾，
棒打鸳鸯飞祸来，
革命人有浩然气，
一片丹心向阳开。

匪团长：徐先生，我不是说过了嘛！凡事不要看得太死。看，看，一个好端端的家，不就要散了嘛！来来来，我看你还是签了吧？（从台上捡起“悔过书”塞给徐尚同）

徐尚同：这种事只有没脊梁的软骨头会干，就让这玩意儿见鬼去吧！（把“悔过书”扯碎）

匪团长：（气急败坏地）你！算你硬，看你能撑到几时！

徐尚同：（气宇神闲地）嘿！随你们的便！

[匪士兵上。

匪士兵：报告团长，上级通知押徐尚同到总部集中。

徐尚同：（泰然自若地整理衣衫）走吧！

[天际中响起几声炸雷，《国际歌》和“打倒国民党反动派”“中国共产党万岁”的口号声由远及近传来。匪士兵押着徐尚同慢慢走下……

（幕落，全剧终）

附　本场人物年龄表：

徐尚同：39 岁

徐夫人：38 岁

匪团长：45 岁

匪士兵：22 岁

作者简介：

许全武，国家三级舞美师，韶关市韶文化研究会研究员，韶关市美术家协会理事，原翁源县文化馆馆长。文艺作品多次在省市县得奖、展出和发表。出版有专著《红叶飘落时》等。

特殊的嫁妆

编剧／黄影祥　胡大勇

时　间：现代。

地　点：某山村。

人　物：方志艺——男，27 岁，回乡创业青年。

方大伯——男，61 岁，某竹器厂退休人员，志艺父亲。

李大妈——女，58 岁，志艺母亲。

张雅丹——女，25 岁，县文化馆职工。

布　景：远处群山森林茂密，近处山庄楼群矗立。台左有一棵大树，台中为厅堂摆设，台右摆有竹料及竹器加工工具。

［幕启：方大爷手持笏刀上。

方大伯：（唱）

好日子，好时光，
生活过得似蜜糖；
退休刚满一年整，
无忧无虑心欢畅。
三餐食饱冇事干，
旧业重操老本行，
竹制器皿非小可，
传承万代意义长。

（放下笏刀，拿起一张竹椅）

（白）它呀，伴随着哐经历了 50 多个春夏秋冬。它呀，是咱们家的心头肉，传家宝呀！（放下竹椅，整理竹条）

［李大妈手提着袋子兴致勃勃地上。

李大妈：（唱）

美丽乡村迎曙光，

山里山外喜洋洋；
村民丰足攀康乐，
一年更比一年强。

（白）唉，可就是——

（接唱） 咱家虽已建新房，
谁知内外似工厂，
老头无聊操旧业，
不是工场胜工厂。

（白）好久冇转屋家了，去照顾坐月子的大女儿一个多月，所以今日特意回家一趟。

（敲门，“老头子……老头子……”；内应：“哎……来啦！”方大伯开门，大妈入）

方大伯：志艺他妈，回来得正合时，我正想打电话给你呢！

李大妈：有什么事？

方大伯：有，有个大好消息告诉你呢！（神秘地，对观众）嘘……（耳语）咱家那张三代遗留下来的竹椅可成宝啦！

李大妈：是那张黑古董吗？

方大伯：对对对，就是那张黑古董，县文化馆和县非遗保护中心的领导上月来调研了两次，看中了我们祖传几代人的竹椅制作技艺，说要帮助申报为县级非遗代表性项目呢！

李大妈：看你高兴成这个样子，匪以为捡到了宝。（看到一旁的竹料）看你，匪去照顾妹子坐月子一个月不在家，你就把咱家搞成工厂样。咳……

方大伯：志艺妈呀，别嫌弃，你慢慢听匪说吧！

（唱） 退休已有一年长，
传统竹艺不能忘，
竹器已成传家宝，
申报非遗意义长。

李大妈：一张黑古董给人家就算了，难道还想做第二张？

方大伯：不是第二张的问题，而且要代代传承下去呢！

李大妈：匪看你呀！真是营养过剩，发肉健呐！

方大伯：老婆子吔！相信你也还记得咱俩过去做竹椅的事吧？！（拿起一件竹椅半成品）

（唱）　　眼看竹椅泪汪汪，
　　　　回忆往事痛肝肠，
　　　　为了寻求谋生计，
　　　　俩老差点把命丧。

（白）那年头，为了生活，喱俩经常是打着暗摸，偷偷地做竹椅卖。后来，割什么“资本主义”尾巴，喱被揪上了台。从那时起就与竹断了缘。直到改革开放后，镇领导似伯乐相马，要喱重操旧业。此后，喱成为了鼎鼎有名的竹器工艺师，并被招聘为骨干企业主管一直到退休。而今，又是领导要喱重操旧业，要将传统工艺传承下去。

李大妈：（气愤地）传传传，传个屁，难道你还没食够辣椒汤。

（李大妈怒气冲冲地把一条条竹料往外丢，方伯急忙上前抢夺。大妈又拿起一张半成品竹椅欲往地上摔，方伯一把抓住）

方大伯：千万不能摔啊！

李大妈：你这个老鬼，看你是否去食竹椅饱。人家搞乡村环境提升，你就搞得乱七八糟。再说，咱们的儿子最近就要结婚了。你看，家里被你搞得像工厂。

方大伯：你晓得个屁！喱搞计系嘛？（指着竹椅）那是非物质文化遗产，那是咱们家的根哪！

李大妈：不管你什么非不非，反正要污染喱计新楼，（指着竹料和竹椅）喱就统统一把火……

[李大妈火冒三丈急忙进屋，方伯紧追下。

[张雅丹肩挂挎包上。

张雅丹：（唱）　　喜鹊喳喳好预兆，
　　　　山欢地喜水也笑，
　　　　良辰吉日送捷报，
　　　　竹艺申遗成功了。

（走近门前喊：“方大伯……方大伯……”内应：“哎……来啰！”方大伯两手各抓着一张竹椅上气不接下气地上，雅丹忙进门接竹椅）

张雅丹：大伯，你这是怎么回事？

方大伯：领导，你……你来得正合时。

张雅丹：大伯，怎么啦?

方大伯：没事，没事。小张呀——

（唱）　　叫声小张听我讲，
　　　　非遗传承记心上，
　　　　特殊嫁妆已做好，
　　　　祝你姻缘天地长。

张雅丹：原来如此，那就多谢大伯金口！大伯，做好的竹椅在哪里?

方大伯：在里面，这是两张按照祖传十代手艺制作的龙凤呈祥竹椅呢!

李大妈：（屋里出，旁白）呀，难道是她定做的竹椅？（忙转向雅丹）嘻嘻！领导，失礼啦！喝杯茶先。（到茶几旁倒茶给雅丹）

方大伯：（故意地）小张呀！好在你运气好，差点里面那两张龙凤呈祥竹椅和一把步步高竹梯变灰啦!

张雅丹：怎么？引火啦?

方大伯：咳，火可大呢！小张呀!

（唱）　　自哐退休一年长，
　　　　无忧无虑度时光，
　　　　操操旧业做竹椅，
　　　　喜在非遗立了项。
　　　　可就有人来反对，
　　　　百般阻挠难商量。
　　　　说什么，
　　　　污染环境不允许，
　　　　说什么，
　　　　家庭成了工厂。

张雅丹：哦，原来如此。

李大妈：小张呀，不瞒说，你可想。

（唱）　　年老还去乱思量，
　　　　什么传统竹艺不能忘，
　　　　日日沉迷做竹椅，
　　　　日出做到出月光;

非遗本是后生事，
哪有老者来充当？

张雅丹：大娘呀——
（唱）叫声大妈听喔讲，
申报非遗意义长，
并非大爷冇事干，
而系责任在担当。

方大伯：对对，这是我的责任。

张雅丹：也是我们年轻人的责任。

（方大伯和雅丹两人在摆弄竹椅。李大妈电话响，接电话）

李大妈：喂——，志艺呀！

（电话音：妈，我坐车快到家了，你也要回家来，我都好久没见您了！）

李大妈：回来了，昨晚听你爸说你要回来了，开心着呢，今早我就从你姐家赶回来了。

（电话音：那就好，妈，我女朋友雅丹今天从县城来我们家。）

李大妈：（惊喜地）你女朋友雅丹要来我们家？

（电话音：对呀，她在县文化馆工作，听说已经去过我们家两次了。）

李大妈：太好了！

（电话音：一会见，妈妈，拜拜！）

李大妈：拜拜。（不解地）咦，儿子刚才说女朋友来过我们家两次，莫非是她？（对雅丹左看看，右看看）

张雅丹：（发现大妈疑惑的表情和动作，笑了）大妈。

李大妈：阿妹，你在哪里工作？

张雅丹：县文化馆。

李大妈：（急促地）你叫啥名？

张雅丹：雅丹。

李大妈：（兴奋地）那你认识志艺吗？

张雅丹：（腼腆地）认识，认识，他是我男朋友。

李大妈：（开心地）哎哟！（上前拉住雅丹手）太好了！太好了！（高兴地把大爷拉到一旁）

老头子，别在那里瞎忙了，快点过来。

方大伯：（放下竹片和刀）哎呀！一惊一乍的，有啥事？

李大妈：（笑）大事，大好事呢！你知道小张是谁吗？

方大伯：知道啊，是县文化馆的工作人员，我们第三次见面了。对吧，小张。

张雅丹：是的，大妈，上个月我和馆里的同事来调研您家的竹制品和拍摄县级非遗申报片来过您家两次了。

李大妈：（指雅丹）她吔，是志艺的女朋友呢！

方大伯：真的？

张雅丹：（微笑，含羞地）是的，大伯。

方大伯：好，原来是，原来是——哈哈哈——

李大妈：笑什么笑，（又把大爷拉到一旁）死老头，她来我们家你怎么不早说？

方大伯：（故意地）说什么？

李大妈：（细声地）傻鬼，女朋友也就系喱同你将来的儿媳妇呢！

方大伯：（反应过来）哎呀叻，原来她定做的两张龙凤呈祥竹椅、一把步步高竹梯系婚嫁礼品。完了完了，喱还收了她600元定金，怎么办了？

李大妈：那还不赶快退回去？！

方大伯：对对，（赶紧从桌子上的盒子里取出一个红包）小张，这钱退回给你吧。

张雅丹：不，不，大伯，这钱一定要收下，这是给您的工钱定金，怎能不收呢？！

方大伯：小张呀——

（唱）　　　叫声小张听我言，
　　　　　　我做竹椅非同前，
　　　　　　传承非遗咁好事，
　　　　　　哪能为利图金钱？！

张雅丹：大伯，这是必须的，你做非遗产品，很值钱的。

（大伯继续把红包往雅丹塞，雅丹拒绝，两人推让间，门响）

[方志艺拉着一个皮箱，背着大背包上，敲门。

李大妈：可能是志艺回来了，我去开门。（开门）

方志艺：（进门）爸、妈！

方大伯、李大妈：儿子，你回来了！

方志艺：（看见雅丹，兴奋得欲伸手拥抱）雅丹！

张雅丹：志艺！（躲避，使眼色暗示两位老人在场，并接过皮箱拉杆）

方志艺：爸、妈，我来介绍一下，这位是我的女朋友雅丹！

张雅丹：（有点不好意思地）是！大伯、大妈！去年工作实在太忙，所以，志艺和我一直不能回来拜见您二老。

方大伯：小张，别拘礼！（故意地）怪就怪在我家这个小子，保密工作做得相当出色呢！（大笑）

李大妈：就是吔！

方志艺：我有了女朋友，这事不是早就电话告诉您了么？况且，我还没回来，就让未曝光的女朋友单独去拜见您了，也不合适嘛。

方大伯：（满意地）行，行。

方志艺：（突然看到方大伯手里的红包）哎，爸，你怎么老半天手里拿着红包干嘛？

方大伯：哦，是打算退回给小张定做竹椅的定金呢！

张雅丹：大伯，我看了竹椅，做得非常精致，不愧是咱们竹艺非遗项目难得的传承人呀！好了，遵规守矩，竹椅款是您应得的辛苦钱，除定金外，我还要补给您388元，（从挎包里取出钱递给大伯）您不收也不行。

方志艺：爸，您就收下吧，婚嫁竹椅是雅丹对您高超手艺的肯定呢！日后，雅丹孝敬您的会更多呢！（转向雅丹）对吧？雅丹。

张雅丹：（微笑点头）对，一定会的。

方大伯：好好好，那我就收下了。（接钱）不好意思，爱财啦！

李大妈：老头子，（故意地）接了人家的钱，你就要拿出十二分精神来做好哦！

方大伯：放心吧，你们看——（在厅堂中揭开盖在竹椅上的红绸布）

张雅丹：（兴奋地）哇，好漂亮！好漂亮呀！

（唱）　眼望竹椅闪金光，
四方端正好模样，
圆圆的扶手光滑滑的竹，
靠背上刻有龙凤呈祥！（上前抚摸）

方志艺：的确好，这是我看过的最精致的竹椅。

张雅丹：志艺，结婚那天，我盖上红头巾，坐到椅子上，（高兴地坐上去，幸福地憧憬着）等你来揭我的盖头！

方志艺：好啊，到时我就会看到世上最美的新娘啰！哈哈哈。

方大伯：看到你们喜欢我就放心了。这是我花了半个月时间用心做的，很值了！

方志艺：爸妈，告诉你们一件事，我前段时间已辞掉工作，打算回乡创业了。

李大妈：创业？创啥业？

方志艺：继承爸的竹艺制作手艺，对吧，爸。

方大伯：可以，大海里的鱼子到处有，只是看谁会捉。

李大妈：哎哟，我们家祖传几代人都食竹头饭，还没吃够苦呗？我不赞成！

方志艺：妈，现在时代不同了，近年来，中央非常重视非遗工作，习总书记多次看望非遗传承人，参观非遗展览，乡村振兴工作中，也把非遗的传承保护列为重点工作呢！

张雅丹：对对，现在中央和省市关于非遗的各项优惠政策相继出台，从事非遗产业，有前途的。

方志艺：雅丹去年和我在深圳同一家公司上班，看到我们县文化馆招考非遗工作人员，就报名考试，想不到一考就中，这不，她已经在文化馆上班半年多了。

李大妈：（竖起大拇指）真聪明！

方大伯：小张，志艺回乡创业这件事，你怎么看？

张雅丹：依我看呀——

（唱）　　非遗行业响当当，
竹子资源满山岗，
只要志艺有远见，
竹器产业势必旺。

方志艺：妈，深圳的供货商我都联系过了。上个月我跟村委领导通过电话商量好了，竹器厂房可以租用村里原来企业用过的厂房。我打算办一个竹制品公司，带动乡亲们就业，共同发展竹制品产业。现在呀——

（唱）　　乡村振兴擂战鼓，
小小竹片展宏图，
招商引资大投入，
全面铺开黄金路。

李大妈：听你们一说，竹器产业好像也挺有出息了？

方志艺：妈，不是好像，是一定。雅丹，前两个月我委托你们文化馆帮我们村的竹制品制作技艺申报县级非遗项目的事办得怎样了？

张雅丹：（突然想起）对了，差点忘了，今天我给大家带来一个大好消息，村里的竹制品制作技艺已经申报为县级非遗项目了，（从挂包里取出文件）这是县政府公布非遗项目的名单！

方大伯、李大妈、方志艺：好啊，给我看看！

（雅丹双手打开文件，志艺三人上前同看）

张雅丹：告诉你们，还有一件好事呢！（换文件）请看——（张开文件）方伯伯被认定为竹制品非遗项目代表性传承人了！

方大伯：太好了，太好了，感谢政府信任！

张雅丹：这是大伯的光荣！也是我们村、我们县镇的光荣，祝贺您！大伯！

方大伯：谢谢小张，谢谢党和政府的关心！

张雅丹：希望您继续发挥光和热，和志艺一起带领村民把竹制品制作技艺发扬光大。

方大伯：一定，一定的！志艺，知道我为啥给你起志艺这个名吗？

李大妈：这名字，我跟你爸研究了好几天呢！忘记来由了吗？

方志艺：爸妈，我知道，小时候您曾多次告诉我，志艺，志艺，就是不要忘本，不要忘记优秀传统文化，要立志将优秀的传统技艺传承下去。现在，我选择回乡创业，就是要实现你们的期望。往后还要将竹制品制作技艺继续申报市、省和国家级非遗项目，使竹制品制作技艺在我们县乃至全国、全世界发扬光大。

张雅丹：志艺，看来你这名字内涵还挺丰富嘛！

方大伯：你们年轻人肯学我这门手艺是大好事，要不，我百年之后，我们这些老艺人的手艺就会失传了。

方志艺：爸，您就放心吧，我们一定会做好传承工作！

李大妈：今天是四喜临门，好事重重，真让人开心啊！

方志艺：（故意逗趣问）妈，哪四喜呢？说来听听。

李大妈：好啊，你听好来——

（唱）　一喜来，未来媳妇在眼前，
二喜来，嫁妆竹椅把情连，
三喜来，儿子回乡把业创，
四喜来，竹品非遗梦实现。

张雅丹：（竖起大拇指）没错，没错，没想到大妈口才那么好！好了，大伯、大妈、志艺，我提个建议，等下整理一下这些竹椅，召集全村人来一起开个庆功会吧！共同祝贺竹制品制作技艺成功申报为县级非遗项目！

众：好！

（唱）　　乡村振兴谱篇章，
　　　　非遗传承美名扬，
　　　　小小竹器传千里，
　　　　祖国复兴更富强。

［剧终。

作者简介：

胡大勇，翁源县作家协会戏剧创作部部长，韶关市戏剧协会会员。

客乡情歌

编剧 / 李凤兰

时　间：一天清晨。

地　点：客家乡村梅英家。

人　物：重山——男，35 岁，青云村生态林业合作社社长（简称“山”）。

梅英——女，30 岁，青山村村民，寡妇（简称“英”）。

光头强——男，38 岁，青云村原木材老板（简称“强”）。

［幕后歌：　客乡趣事真系多，

两个男士争老婆。

欲知后果慢慢睇，

采茶戏子就开锣。

［幕启：重山冒着晨雾，打了一个喷嚏，浑身湿漉漉上。

山：（唱）　　　　秋雨一场洗山乡，

雨停雾散露晨光。

重山有心来会妹，

不料淋个“鸡落汤”。

（白）五年前，我同梅英情投意合，但她父母嫌我是个孤儿，极力拆散了这门亲事。一气之下，我远离家乡去了省城打拼，从此两家再无联系，前日才听到梅英离婚的不幸境遇，所以急忙找她相见。走哇！

［二道幕启：梅英家景致，梅英心事重重梳头上。

英：（唱）　　　　昨夜黄粱梦一场，

相会初恋意绵长。

老虎下乡因为肉，

梅英愁结因为郎。

咳！离婚两年来，上门求亲的人呀门槛都唔怕踏高。昨天，媒人说今朝早又有人来相亲。

（接唱）　　常言一朝被蛇咬，
　　　　　　有道十年怕井绳。
　　　　　　世间男人百打百，
　　　　　　就怕难觅意中人。

[重山上。

山：哎，到梅英家了。（拍门）梅英，梅英！

英：谁呀？

山：我，系重山我呀！

英：（隔着门缝，惊喜地旁白）真的是他！（开门）重山，真的是你，我不是发梦吧？

山：梅英！（情不自禁地拥抱英，英一闪，山扑了一个空）

英：重山，别……别这样。

山：梅英，为了不影响你的生活，我一直唔敢同你联系。其实，我心里一直装着你呀！

（唱）　　五年想妹到如今，
　　　　　你却为何淡了情？
　　　　　咱俩都系孤单鸟，
　　　　　但愿同窝共和鸣。

英：不，重山呀！

（唱）　　唔系梅英咁薄情，
　　　　　只怕毁了哥前程。
　　　　　我今如同黄钾菜，
　　　　　怎敢配哥金童身？

山：（接唱）　　你虽粗布我唔嫌，
　　　　　　　　再靓绸缎我唔贪。
　　　　　　　　我话你系甜荔枝，
　　　　　　　　虽然皮皱肉里甜。

（又忍不住打喷嚏）阿嚏……阿嚏……

英：（发现山微微发抖）衣服都被雨水淋湿了，换件衣服吧，我煮碗姜汤给你

喝！（欲下）

山：还不是为了见你心切，冒着雨跑来了！

[英进屋取衣服上，正要递衣服给山，光头强内喊：“梅英！梅英！”

英：（大惊）准是那个相亲的来了，天蒙光让他撞见我们这样，传出去我跳进黄河也洗不清咧！

山：这确实是个问题（挠头）我爬窗走！

英：（急忙阻拦）不行，那样就更像偷情了，先进我房间躲一躲，快！

山：好！（欲打喷嚏）

英：（急捂山的嘴）不能打，坚持住，不然就穿帮了。

山：是，坚持就是胜利！

[山英两人同进屋，光头强提着礼品兴高采烈地上。

强：（唱）　　翻瓜蚕豆唔共园，

隔田隔圳丝难连。

媒人迷津点对象，

今日上门来相见。

[强敲门，英复出，开门。

英：你是……？

强：我系青云村的阿强。

英：请进来吧！

强：（喜出望外地旁白）俗话讲：“周陂芹菜青山妹。”虽然离过婚，我看还是很靓哟！

英：阿强表，我看你好像是做木材生意的老板吧？

强：是是，远近人家都叫我是砍树的光头强，嘿嘿！

英：做木材生意挣了不少钱吧？

强：唔多，唔多。百把万呗！

英：人家都讲，你们这些木材老板都是靠毁老祖宗的山林发了大财，而乡亲们却要望着穷山恶水受穷了。

强：（惭愧地）是呀，我们过去是背着良心赚钱，但现在却不同了。

英：唔同了？样般讲呀？

强：为了落实“绿水青山，就是金山银山”这一发展理念，我们村成立了生态林业合作社。全村群情高涨，都跟着我们的社长走一条生态修复的金光大道呢！

英：（激动地）真计？

强：珍珠都么咁真。我呀，砍树的勾当早已不干了，死心塌地跟着我们社长实现万亩生态公益林的计划了。

英：阿强表，像你这样的大老板都服你们那位社长，看来，他可是一个有本事的人物啰？

强：当然啦！他呀！

（唱）省里求学三年整，
林业知识实在精。
为人处世口碑好，
生态建设领路人。

英：你们青云村真幸运，出了一个造福家乡的大能人。

强：哎，梅英呀！讲了咁多题外话，咱们就言归正传吧。媒人刘阿姨都将你的情况跟我讲了，我不介意你二婚，这个金戒指就送给你作为见面礼！

英：（推却）对不起，阿强表，我不能收。

强：是不是嫌礼太轻？我再加五万块小担钱给你！

[欲给英戴戒指，英再三推却……

[突然屋内传来山打喷嚏的声音……

英：呵！（英惊出一身冷汗，不知如何是好）

强：（安慰地）梅英别怕。（顺手抓住一根扁担，对屋内）喂！大胆狂徒，青天白日竟敢私闯民宅图谋不轨，我数一二三，立刻、马上给我滚出来！一，二……[当数到三时，山从屋内出。

山：光头强，怎么？一夜没见就改当警察咧？

强：（一惊）哎哟喂，我以为是哪里来的小偷呢？怎么是社长您哟？（试探地）天蒙光您怎么会……（看向里屋）

山：这有什么奇怪的，你不也一样吗？

强：报告社长，我是来相亲的，嘿嘿！

山：（指着内屋，与强耳语）我都从那里出来啰，你说我是来干什么的？嗯？

强：（犹豫了一下，猛然醒悟，旁白）哎呀！人家都生米煮成熟饭咧，我连边都没到，观众同志们，和他争老婆，后果会相当严重。我还是赶紧撤吧！（对英和山）社长，梅英，我今天还有事要处理，你们聊，你们聊！

英：阿强表，吃了早饭再走嘛！（送还礼品）

强：（诚恳地）不，我这礼物就当送给你们的贺礼！（急下）

山：梅英，都怪我事先没有和你打招呼，弄到今日咁尴尬。

英：没事！重山，光头强讲你们村发展生态林的事是真的吗？

山：（认真地）是真的，不过没有他说的那么神奇。

（唱）生态建设任重道远，
乡亲支持志更坚。
誓叫穷山和恶水，
化作后代幸福泉。

（白）对了，今天我还要同你们青山村签一份五万亩生态林种植合同呢！我相信不久的将来，十万亩连片生态林将染绿整个青云山脉。造福我们的子孙后代。

英：（兴奋地）重山，太好了，今天真是个好日子，祝你搞定一个大合同呀！

山：不，是两个。

英：两个？

山：还有你呀！梅英，现在我和我的事业都十分需要你，你就嫁给我吧！

英：（红脸地）你这个冤家的哟……（半推半就倒在山的怀中）

[幕后伴唱：心诚水滴石也穿，
客乡深处喜相连。
天宫有意成人美，
冷灰返火还过恒（热）。

[剧终。

作者简介：

李凤兰，翁源县文化馆副馆长，翁源县文学辅导干部。

宝　贝

编剧 / 林红娟

时　间：现代。

地　点：河西村桃花家。

人　物：桃花——女，30 多岁，河西村村民。

有根——男，30 多岁，河西村村民，桃花的丈夫。

李明——男，30 多岁，县博物馆干部，驻河西村。

布　景：远处群山叠翠，近景村边一片新开垦的土地。舞台正中是桃花家，农家小院摆设，有竹椅、茶几，茶几上有茶壶、茶杯等。

[幕启：有根手捧着用报纸包得严严实实的包裹，桃花肩扛锄头紧跟有根后面，偷偷摸摸地上。桃花差点踩到有根的脚后跟。

桃　花：哎呀，你搞什么，慢吞吞的？

有　根：嘘！小点声！

桃　花：做贼吗？

有　根：小心隔墙有耳！

桃　花：不偷不抢，怕什么？

有　根：你知不知道，这个是古董，给人看到就麻烦了。

桃　花：古董？桃园里能挖出古董？不就是一把破铜烂铁。

有　根：你懂什么，我听老人讲，我们这一带是古战场，说不定真的是古人留下来的，不要讲那么多了，我刚才已经用手机拍了照片，我现在去打探打探消息，你回去放好这个东西。

[有根递包裹，桃花接，桃花进院子把包裹放茶几上，有根下。

[李明手提公文包从舞台左侧上。

李　明：我刚才听人说有根在桃园挖坑种桃挖到了类似宝剑的老物件，我现在

就上他家去看看。（上前敲门）

桃　花：（内应）来了来了！又忘记带钥匙了？

（桃花开门，见到李明马上想关门）

李　明：等一下，有根大哥在吗？

桃　花：（戒备地）你是……

李　明：我是县博物馆驻村干部李明。

桃　花：（戒备地）他不在！

李　明：你是有根嫂子吧！

桃　花：你有什么事吗？

李　明：是有点事。

桃　花：他出去了，你改天再来吧。

李　明：（自来熟地）没事，我在这等他。

桃　花：他指不定什么时候回来呢。

李　明：已经联系了他，说是马上就回。

桃　花：哦……

李　明：我能进来吗？

桃　花：我一个人在家，不太方便。

李　明：（指院子）我不进屋，就在院子里等。

桃　花：（犹豫了一下，开门）那……进来坐吧。

李　明：谢谢。

（桃花倒茶，李明四处打量，发现茶几上用报纸包着的那个包裹）

桃　花：（递茶）喝茶喝茶。

李　明：（接茶）你忙你的，不用管我。

桃　花：家里太乱，我收拾收拾。

（桃花假装收拾院子，把茶几上的东西放到茶几底下。李明装作没看见，坐竹椅上，从公文包里拿出一本画册来看）

李　明：（故意边翻边喃喃自语）这个好，这个好！

桃　花：（好奇地凑近）什么好？

李　明：（欲合上书）没什么、没什么。

桃　花：（指书）这是什么书？

李　明：《文物》画册。

桃　花：能让我看看吗？

李　明：你看得懂？

桃　花：不懂我也想看看。

李　明：（递画册）小心别弄皱了，这书里可都是宝贝。

（桃花接过画册小心翻看，翻到某一页，突然激动地）

桃　花：这是什么？

李　明：宝剑！

桃　花：宝剑？

李　明：战国青铜宝剑，是古代兵器，属于国家二级文物。

桃　花：国家二级文物？

李　明：对呀！文物是人类社会活动中遗留下来的具有历史、艺术、科学价值的遗物和遗迹，是宝贵的历史文化遗产。

桃　花：值钱不？

李　明：肯定值啊！

桃　花：值多少？

李　明：无价之宝。

（桃花拿着画册匆匆走到茶几旁边，从茶几底下小心地捧起报纸包着的东西，轻轻放茶几上，打开层层包裹着的报纸，对着画册左看右看）

桃　花：李干部，你过来看看。

李　明：（故意地）别人家的东西我可不敢随便看。

桃　花：（心急地抱着包裹上前）看看又不收你钱。

李　明：不看白不看？

桃　花：对对，不看白不看。

李　明：那我就不客气了。

（桃花抱着未全打开的包裹，李明左看右看，就是不表态）

桃　花：怎么样？

李　明：半遮半掩的不好看。

桃　花：那要怎样？

李　明：要全打开来才看得清楚。

桃　花：好好。

（桃花坐竹椅上，把包裹放大腿上，打开层层包着的报纸，李明从公

文包里拿出放大镜，蹲下认真看）

[有根兴高采烈地从舞台右侧上，发现院门半开。

有　根：（没到门口，隔远就喊）桃花——桃花——

（桃花、李明在认真看，两人均未听到有根喊）

李　明：（兴奋地）宝贝、宝贝儿呀！

（有根在门外听到，气冲冲地推开大门大步上前。李明、桃花同时站起）

桃　花：你终于回来了。

有　根：哼，我再不回来，咱家院子都要着火了！

桃　花：院子着火？没有啊！

有　根：你俩刚刚在干吗？

李明、桃花：没干吗呀！

有　根：那……刚刚谁喊的宝贝？

李　明：我呀。

有　根：是李干部你呀！

李　明：我……

有　根：好你个李明，趁我不在家，你来我家干什么？

李　明：没什么没什么！

有　根：（对李明）没什么？那你刚刚喊谁宝贝？

李　明：（指桃花抱着的包裹）它呀！

有　根：（误会地）桃花？我老婆她什么时候成了你的宝贝？

李　明：（摆手）不是不是！

桃　花：（着急地）错了错了！

有　根：不是什么？哪里错了？我在门外可是听得清清楚楚的。

桃　花：（指包裹）他喊的宝贝是它。

有　根：（反应过来，上前抱住）俗话说财不外露，你这个傻婆娘，怎么随随便便把这个拿出来给一个外人看。

桃　花：我就是想问问清楚嘛。

有　根：我已经打听清楚了。

桃　花：（高兴地）知道是什么了？

有　根：当然啦！

桃　花：是什么？

有　根：宝贝！

桃　花：又是宝贝？到底是什么宝贝？

（有根拉桃花至一边，耳语。李明继续装作看画册）

有　根：我已经打听清楚了，这可是难得一见的宝贝，具体叫什么还不知道，但可能值这个价。（竖起食指）

桃　花：一千？

有　根：NO，NO，NO！

桃　花：一万？

有　根：再加多个零！

桃　花：十万？

有　根：对！

桃　花：（激动地）那么多？

有　根：嗯，这下咱们家就有钱了，开垦桃园的钱也不用愁了。

桃　花：真的是天上掉下个大馅饼啊！

有　根：错，这是地里长出的金元宝！

桃　花：（突然想起）这个和李干部画册上那个是一样的。

有　根：什么画册？什么一样的？

桃　花：我刚刚在画册上看到了和咱家这个一模一样的图片。

有　根：你确定？

桃　花：嗯，具体叫啥我忘记了，李干部好像对这个很了解，要不去问问他？

有　根：好。

（两人走近李明）

桃花、有根：（同时地）李干部，我们想问你点事。

李　明：什么事？

有　根：（捧着包裹近前）帮忙看看这是什么？

李　明：我已经看过了。

有　根：那是什么？

李　明：宝剑！

有　根：宝剑？值钱吗？

李　明：战国青铜宝剑，国家二级文物，你说值不值钱？

有　根：值钱就好，值钱就好！

李　明：你想卖？

有　根：想卖、肯定想卖！

李　明：《中华人民共和国刑法》第三百二十六条规定：以牟利为目的，倒卖国家禁止经营的文物，情节严重的，处五年以下有期徒刑或者拘役，并处罚金；情节特别严重的，处五年以上十年以下有期徒刑，并处罚金。

桃　花：（对有根）犯法的事咱不能做！

有　根：你就是头发长见识短，人家一吓你就怕，我可不是吓大的，咱家的东西咱想卖就卖。

李　明：这东西哪里来的？

有　根：我们家地里挖到的。

李　明：土地属于国有，地里挖出来的东西也是属于国家的。

有　根：我才不管呢！

桃　花：要不咱们不卖了。

有　根：不卖咱们哪有钱来搞果园。

李　明：买卖文物可是犯法的哟！

桃　花：（摆手）那不行，那不行！

有　根：难道到手的宝贝就让它烂在咱手里？

李　明：我有办法。

有根、桃花：你有什么好办法？

李　明：《中华人民共和国文物保护法》第十二条规定：将个人收藏的重要文物捐献给国家或者为文物保护事业作出捐赠的；发现文物及时上报或者上交，使文物得到保护的个人，由国家给予精神鼓励或者物质奖励。

有根、桃花：（高兴地）这样我们就有钱了。

李　明：对对对！

有　根：那我们不要精神奖励，就要物质奖励。

李　明：没问题！

桃　花：可是，能给我们多少物质奖励？

有　根：是呀，能奖我们多少钱？

李　明：奖励标准国家有规定，按照文物的级别分类进行估价，奖励的金额不能超过文物总价值的 10%，一般奖励 5%~8%。

桃　花：那我们家的宝贝能奖多少钱?

李　明：这个有先例，2014 年 10 月，宝鸡市高新区千河镇魏家崖村一农民在自家后院取土时挖出青铜宝剑，政府奖励 1 万元奖金。

有　根：那么少，我不干!

桃　花：我们不捐。

有　根：对，不捐，放在家里当镇宅之宝好了!（把宝剑放茶几上）

李　明：《中华人民共和国文物保护法》第五条规定：“中华人民共和国境内地下、内水和领海中遗存的一切文物，属于国家所有。”因此，无论是山上、田地、湖泊等出土的文物毫无疑问属于国家。在进行生产活动时，有文物被挖出，是因工作需要而非故意，而且在第一时间保护现场并通知相关部门的，不属于违法犯罪，但如果不上缴国家相关文物收藏单位而据为己有的，则构成非法占有，必须依法返还。

有　根：按你这么说，不卖、不捐，放在家里也不行?

李　明：当然不行!况且，你敢放在家里?俗话说“不怕贼偷就怕贼惦记”。

桃　花：对对对，放在家里容易惹贼!

有　根：这不行那也不行，到底要怎么办才行?

桃　花：（征求地）要不咱们听李干部的，捐给国家吧?

李　明：（竖起大拇指）还是嫂子明事理!

有　根：可是……

桃　花：钱的事我们再另想办法。

有　根：（下定决心地）好，就听你的!我也为国家作一回贡献。

桃　花：嗯嗯嗯!

李　明：决定了?

有根、桃花：（同时地）嗯!

李　明：（拍手鼓掌）好好好!太好了，感谢你们。

有　根：（挠头）呵呵呵!

李　明：有根、嫂子，钱的事咱们一起想办法。

有　根：你有什么好办法?

李　明：国家鼓励农民自主创业，出台了相关扶持政策，银行提供三年免息贷款，一次可贷 3 万元。

有根、桃花：真的?

李　明：千真万确。

有　根：这样我们就有本钱来搞果园了。

桃　花：对对对!

有　根：钱的问题终于解决了。

桃　花：宝贝的问题也解决了。

李　明：那……

有根、桃花：（同时地）捐、捐!

李　明：（上前握住有根的手）谢谢你们对文物保护工作的支持！也谢谢你们作出的贡献。

有　根：应该的，应该的!

桃　花：那我们还等什么……

有　根：走走走，马上捐!

桃　花：（提醒）带上宝贝!

有　根：（捧宝剑）对对对，带上宝贝!

三　人：（同时）走呀……

[有根捧着宝剑，李明、桃花紧跟其后，三人一起下。

[幕落。

作者简介：

林红娟，翁源县文化馆辅导干部，作品多次在省市获奖。

关爱老人防诈骗

编剧 / 官子瑜

时　间：某天下午。

地　点：菜市场前空地。

人　物：刘爷爷——男，75 岁，退休在家多年。

张经理——男，35 岁，推销健康灵沐足排毒神器的骗子。

小　刘——女，20 岁，刘爷爷孙女，化学系大学生。

陈　姨——女，40 岁，买菜路过的街坊。

［幕启：小刘和爷爷买完菜从市场出来，小刘一手搀着爷爷，一手提着菜和肉。

小　刘：（旁白）我们年轻人放假了就要多陪陪长辈，在家多尽孝。今天过五月节，爷爷心情好，说要烧一桌好菜给我们吃，看，我们买了好多菜！（对刘爷爷）阿公，逛了一下午，累不累？我去买瓶矿泉水给你喝！

刘爷爷：（喘气，擦汗）好啊好啊，我在这里等着你。（站到一旁，将菜放在脚下）

［小刘将菜放刘爷爷脚下，暂下场，张经理挎着大包上。

张经理：（边走边说，洋洋得意地）自从代理了健康灵沐足神器，大家都叫我张经理，今天再骗一单……呸！（轻轻抽自己嘴巴）嘿嘿，再做一单“生意”，今晚宵夜搞烧酒又有着落了！诶，那里有个老大伯，你看，说生意生意就来了。

（上前搭讪）阿伯，买菜啊？过五月节心情好喔？

刘爷爷：呵呵，菜就买完了，我孙女让我在这里等她，她说买瓶矿泉水给我喝。

张经理：你孙女真是乖。阿伯，我看你面色不是很好哦，最近身体怎么样？

刘爷爷：还有怎么样，人老了不就那样，年纪一上，高血压、冠心病就都来喽。（摇头叹气）

张经理：是这样的，所以啊上了年纪就要保健，你说是吧，阿伯？

刘爷爷：是啊是啊，好就好在子女都孝顺，经常给我生活费，嗐，本来我就有退休金。

张经理：（眼珠子一转）（旁白）退休金？又一条大水鱼哦。

（对刘爷爷）说到保健啊，我这就有一个大宝贝！

刘爷爷：（半信半疑地）你能有什么宝贝？

张经理：（神神秘秘，拉开大包拉链给刘爷爷瞅一眼）看到了吧？好宝贝的。阿伯，你不上网，不知道这个现在很多人疯抢！一个难求，刚好我代理这个产品，卖到还剩一个了，正要留一个拿回去给自家老人用，我怕我一拿出来啊，大家都围过来抢哦。

刘爷爷：这样啊，究竟是啥宝贝？神神秘秘的。

张经理：嘿嘿，我这个是健康灵沐足排毒神器，绝对的可靠产品，假一赔十。阿伯，看你那么有福气，你要的话，就打个折卖给你，我改天再进货拿个回去给我阿爸泡脚。

刘爷爷：一个洗脚的，有那么好吗？

张经理：啧，阿伯，这你就不懂了吧！（从包里掏出伪造的证书）我们都是有证书认证的,洗脚也有高科技喔,它可是氢量子球泡脚仪！对稳定血脂、血压、血糖特别有用，像你们这样的三高人群用就没错了。

刘爷爷：嘛证书认证，你吹牛的吧？

张经理：嗨呀！阿伯，就算我骗你，国家总不能骗你吧？我们都是有证书认证的,你看,这证书上面国务院都盖了章喔,认证的顶呱呱！（竖起大拇指，十分神气）梗系神啦！它呀，不单治疗三高，还能预防疾病呢！

刘爷爷：还预防疾病，有那么神？

张经理：我同你讲噢，它神就神在不仅可以医治静脉曲张、脑血栓、白癜风、尿毒症、肝硬化、脑出血、股骨头坏死，还能给你检查身体、预防疾病呐。你拿它泡脚，污水没过球，你就可能有三高；仪器后面有气泡，女的呀就可能会有妇科疾病，男的呀，就可能得了前列腺癌；中间发乌，就是肺肝肾不好。不怕说，我用这个好几年了，去医院的检查费用都省了好几千呢！你们老大人最怕病,病一次又百打百、千打千的医药费，后生人赚钱也辛苦的。

刘爷爷：（挠挠头，小声嘀咕）如果拿个回去泡脚，预防预防疾病也挺好，省得后生人操心，不过就怕是假的，用了没作用。

张经理：哎阿伯，这个是真的有效，我有很多客户都和我反馈好用。

（拿出手机，给阿伯看微信截图）你看这个阿妹买给她爷爷的，反馈说很好用，看她爷爷的状态，以前和现在比，真的大变样，现在容光焕发。还有这个阿黄姨，用了一个月后，量血压都稳定了，又向我回购一个给她的老表。给你看这个，我姑丈泡脚的视频，他以前肝硬化的，一泡水特别浑浊，用了一年肝组织修复再生，肝硬化好了，水变清了，神吧！

刘爷爷：系哟！那么好啊，多少钱一个？

张经理：（不说话，比个巴掌五）

刘爷爷：五十？五十就能买来健康，好实惠噢！

张经理：嘛五十？（又比个巴掌五）

刘爷爷：我就说，买个菜也不止五十，五百能买来健康，也还可以接受。

张经理：底样。（再比个巴掌五）

刘爷爷：五千哪！你不如去抢！

张经理：（不慌不忙）嗨，我就知道。阿伯，你放心，我们为民企业是从来都不会让老百姓吃亏的，这个五千可不是单单一个神器那么简单，我们还有品质保证，十年保修，十年3650天，5000元每天泡一次就吊把钱，相当于每天花一块钱投资十年的健康，你说是不是，阿伯？

刘爷爷：（面露犹豫神色，微微点头）好像有点道理。

张经理：我们这个神器现在搞活动，打八折，4000元入手还免费入会员，以后买我们公司的产品都是八折，过年后过节还有礼品发放，而且啊，我们会员每年都有拓展活动，带老大人去旅游呢！后生人又不用花带老大人去医院检查的冤枉钱，又不用放下忙碌的工作特地挑时间带老大人去旅游，让后生人安心省心是每一个做父母的愿望啊，一生病就怕成为后生人的累赘哦！

刘爷爷：好哦好哦，怎么样买啊？一副老骨头也不知道还能为后生人做些什么。

张经理：阿伯，我这里支持手机、现金支付，直接刷银行卡也行。

刘爷爷：（翻老年腰包，拿银行卡）你就真会挑时间，我刚好发了退休金，经理，你贵姓。

张经理：说明你好福气，有福缘，我姓张我姓张……

［小刘拿着一瓶矿泉水小跑着进场。

小　刘：阿公，你干嘛？（扳住刘爷爷的手臂）

刘爷爷：买神器啊。

小　刘：嘛啊？你不知道这些都是骗人的！

刘爷爷：没礼貌，人家张经理好心肠给我们老大人送健康。

小　刘：哎呀！阿公，他真的是骗子来的。

张经理：阿妹，你不买就不买，怎么这样说呢？很多人买了用了都说好！我这个沐足神器没病痛的用就保健，有病痛的一泡，水就变浑浊变污，泡一个月就有好转！

小　刘：呵呵，你别笑死我了，我们学化学的，这些实验中学生都会做，水变污，不就是用一个简单的电解装置，电极阳极材料是铁和铜，阳极发生化学反应生成铜离子和铁离子，铜离子铁离子遇到氢氧化钠就产生了浑浊的沉淀，氢氧化铁沉淀本身就是红褐色的，氢氧化铜是蓝色的，混在一起就变黑。

张经理：哪里一样？我这氢量子球泡脚仪是依靠美国哈佛的理论，由英国研发，采用德国的技术，加上运用古老的中医养生文化，连癌症都能治好！

刘爷爷：（迷茫地看着两人，又拉着孙女到一旁，小声说）你说的那么高深，我们老人家又听不懂，你读的书多，这人真的骗子来的么？可是他拿视频给我看，还有好多顾客反馈说好哦，而且过年过节又有礼品领，还免费旅游呢！

小　刘：阿公，这个你就要信孙女了，他这个可是新闻打假过的，什么反馈都是托来的，不要去信！这种骗子往往就是用这些小恩小惠来骗你们老大人的养老金！

刘爷爷：啊？这样啊！

[陈姨上场。

陈　姨：（怒气冲冲地）大骗子！又出来招摇撞骗，你上次骗我家公 4000 元，根本就没用，我家公尿毒症，用了这个神器病情更重了！去医院检查，说金属离子中毒，就是你这个泡脚神器害的！

张经理：（眼神躲闪）你可不要无中生有，我根本就没卖过给你。

刘爷爷：（吃惊，跟孙女说）是哟，前几日听说阿陈姨家公又进院，原来是金属离子中毒啊，还好没买。

刘爷爷：（跟张经理说）张经理，你们搞这些骗老大人的钱，良心过得去吗？

陈　姨：（叉腰吼）做没做亏心事，你知我知老天知！你现在又来骗阿刘叔，我们街坊邻居第一个不放过你。

张经理：（见势不妙，挎着包边走边说）不买就不买，别乱说话，污蔑我骗子，小心我告你们。

[张经理下场。

陈　姨：你去告！你去告！我还报警捉你呢！

小　刘：陈姨，遇到这种骗子，就坚决去报警，还大家一个公道。

陈　姨：我儿子正在整理证据，今天我们就去报案！

（握着小刘的手）你们后生人身体健康天天开心，对我们老一辈来说才是安慰，比起保健品，你们后生人常回来看看，你阿公更开心，（看向刘爷爷）是吧？阿刘叔？

刘爷爷：是是是，走走走，回家搞夜吃，陈姨，一起来。

[小刘提起菜，众人欢笑着下场。

[幕落。

作者简介：
官子瑜，翁源县文化馆干部。

·青出于蓝

父与子

翁源中学　高一（20）班：邓柏霖

成桥中学生活区的保安室里有一台红色的台式电话机，电话机底座边缘平滑，按键略疏松。此刻，这台电话在少年刘元生的手里。这是刘元生今天第二次拨打电话。听筒里不断传来嘟嘟声，没有任何接通的迹象。

之前和父亲说好的，中午把他的被褥送到这间保安室。可他来的时候，并没有看见被褥。墙上挂钟的指针指向十二点十六，还有十四分钟，刘元生打算再等等。他坐在靠窗的椅子上，望着窗外，希望听到熟悉的三轮车声，看到熟悉的身影。

似乎察觉到他的焦急，坐在一旁的保安马文强放下手中的报纸，上下扫了一眼，询问道：“在等家长送东西吗？”

刘元生望望周遭，发现他在问自己，“嗯”了一声。

“大冷天的，吃过中饭了没有？要不要尝点地瓜？”

刘元生没来得及回答，就听到不远处传来熟悉的三轮车声。他走到门边，看见了父亲。锁着的大门让刘元生只能看着父亲由远及近。似乎被冻坏了，父亲的手和脸都通红。

车子靠近大门停了下来，父亲把被子从车上抱下，急匆匆地向门边的刘元生跑来。

眼见这一幕的马文强赶紧起身去把大门打开。

父亲放下被子后，又跑出去提了一袋子什么东西，没等刘元生看清，父亲说道：“我出门来给你送东西的时候，瞅着咱家的冬枣结得不错，摘呀洗呀花了些时间，差点给耽搁了。”

刘元生将视线从那袋子冬枣上移到父亲身上，薄薄的头盔没有将父亲的脑袋完全罩住，被风吹得翘起的鬓发，在他憨厚的脸上略显滑稽。刘元生嗔怪道：“妈给你买加厚头盔和手套的钱呢，是不是又拿去和隔壁李叔打麻将了，天这么冷，还不知道防寒？”

“别净听她的，糟家，那工地发的头盔还能戴，再说了，戴了手套，手指不好使唤，和你李叔打麻将是……”

十二点半准时响起的午休铃声打断了刘元生父子的谈话。父亲忽然无措的眼神对上了刘元生的视线。

他有些磕巴道：“那，那，元子，你快去休息吧，好好听老师话哈，钱不够了，就，就给家里打电话，认真上课，爸先回了。”

“嗯，都知道的，天冷早些回去。”刘元生目送父亲离去，拿好东西打算回寝室。

马文强对刘元生说道：“地瓜挺甜的，带个回去尝尝吧。”

“不用了，叔……”没等刘元生说完，马文强便已将裹好的地瓜放进装枣子的袋子里。刘元生提着被褥和装枣子的袋子，还没来得及反应，枣子便“骨碌骨碌”滚了一地，同时掉落的，还有一团折叠着的人民币。

马文强和呆愣的刘元生半跪着，捡拾果子。

不一会儿，刘元生有些哽咽道：“谢谢叔的地瓜。”

“哎，回去休息吧。”

这样的场景，马文强在成桥路这些年，早就见多了……

荒

翁源中学　高一（20）班：邓柏霖

我有一片荒田
春天
撒下玫瑰的、百合的、月季的
种子
你说庄稼人
种麦子、种水稻

我们争吵
夏天都要结束了
你纵了一把火
我们面对面
在秋天
只觉
每个眼神都置身荒野

以青春之我创青春之国家

翁源中学　高一（2）班：陈菲雪

青年时期是一个充满着朝气活力的阶段，它给予我们奋力拼搏的勇气和“长风破浪会有时，直挂云帆济沧海”的乐观心态。作为正在享受着大好青春年华的我们——新时代青年，更应该为新时代建设发一份光，出一份力。

“恰同学少年，风华正茂。”这是毛泽东主席在回忆他与同伴的“峥嵘岁月”时发出的感慨。年轻时的他有着“指点江山，激扬文字”的壮志豪情；有着“中流击水，浪遏飞舟”的英雄气概；有着“埋骨何须桑梓地，人生无处不青山”的壮怀激烈。毛泽东主席向我们生动地诠释了何谓“青春之我”的蓬勃朝气和立誓振兴中华的拳拳报国心。

我们青年是勇敢的追梦人。一个考上北大的学姐在北大公众号说过她的故事。在她读初中的时候，她耳边总是能听到“能考上北大真的好厉害啊”“北大对我们来说只能是个梦吧”等等这样的话。确实，那个时候，对于成绩中等的她来说，北大只是一个梦，不过，这个梦在她的心里生了根。等到上了高中，她的成绩排名就更显平庸了，离老师口中能上北大的尖子生还有一段距离，但是，这也未曾让她放弃上北大的梦想，她愿意为之奋斗。高二文理分科后，她取得了一个不错的成绩，这更加坚定了她的信心，梦想也渐渐发出了芽。她关掉了手机，全身心投入学习。她坚信：只要有信念就一定会成功。是的，她成功了。努力没有辜负她，她成功地拿到了北大的录取通知书！

这是一个勇敢追梦的青年，她是我们的榜样！

当然，一个“青春之国家”，离不开青年的努力与奋斗。新文化运动中涌现出了许多敢于探索及追求真理的知识青年；五四运动爆发之时，一批批有理想、有志气的青年学子高声呐喊“誓死力争，还我青岛”；如今，那些为维护国家领土而牺牲的戍边烈士陈祥榕、肖思远等英雄人物如在眼前……少年强则国强。作为新时代青年，我们应该努力学习科学文化知识，不断促进自我的全面发展，肩负起时代赋予我们的重任，不忘初心，砥砺前行，为中华之崛起而读书！为实现中华民族的伟大复兴而奋斗！

国家富强，民族振兴，人民幸福，是我们每个中国人的梦想，也是我们新时代青年要肩负起的责任。牢记“请党放心，强国有我”的铿锵誓言，以青春之我创青春之国家！在为青春之国家的奋斗中书写人生华章。

我骄傲，我是中国人
——观《生死阻击》有感

翁源县实验小学　五（5）班：苏楚乔

国庆期间，妈妈带我看了抗战电影《生死阻击》。短短的一个多小时，让我学习到了中国战士的坚韧、牺牲与智慧。

故事发生的背景是，八路军为应对日本鬼子的大扫荡而不得不带着村民进行紧急转移。为了让大部队和村民们安全离开，新上任的副司令李致远与营长陆天泽、连长黄长军等率领众将士，以马家堡为防守阵地，拼死击退日军，打出了以少胜多的气势。你可能会问，我们的八路军战士为什么能赢呢？因为我们中国人有着钢铁一般的意志，便注定可以打败日军。

最让我感动的是一位新兵的成长，他大概20来岁，是一位会造子弹的学霸，却性格懦弱。初上战场，敌人的子弹打来，他的第一反应不是开枪，而是抱头鼠窜，这一点，让我感到十分可悲：身为一名战士，应该勇敢向前，而不是做逃兵。战火中，他的一只胳膊被炸断，这让他意识到战场上没有退路。后来，敌人的坦克进了城门，我军战士们便一个接一个地赌上生命，抱着炸药跑去坦克底下试图炸毁，可都没成功。他见状，冲上城门顶楼，抱着炸药一跃而下。随着腾起的火光，敌人的坦克刹那间灰飞烟灭。看到这一幕，我顿时泪流满面，我想，这便是中国人独有的钢铁般的意志吧。

看完整部电影，我的心情久久不能平静。抗日战争向日本侵略者证明了中国人不崇尚战争，但也不惧怕战争，有决心、有能力保卫自己的家园，维护国家的主权和尊严。想到这一点，我感到分外骄傲，因为我是中国人。

通过观看这部影片，我明白了和平幸福的生活来之不易，我们应该加倍珍惜。如今，没有了战火纷飞、硝烟弥漫。我们生活在和平年代里，是在父母、学校和社会的呵护下长大的，没有经过任何艰难困苦，可不能身在福中不知福啊！我们一定要学习革命先辈不怕困难、克服困难的大无畏精神，认真读书，努力学习，继承革命先辈的光荣传统和使命，把我们的祖国建设得更加美好，让人民生活得更加幸福安康！

哪有岁月静好，只不过是有人替你负重前行罢了。我好想大声地说一声：“我骄傲，我是中国人！”

一步标其一生

翁源中学　高一（16）班：刘　鹏

徐则臣在获茅盾文学奖后发言道："任何一个作家的创作就像人学走路一样，都是从爬开始，到站起来踉踉跄跄走几步……最后跑起来。"

不只文学创作如此，人生莫不如此：一生由一步起，每一步都可能是标价一生的筹码。

一步为点，人生为几何。一步步成线，一步步成面，一步步的推演成就一生，这便是一步与一生之间的联系了。在大漠中的褐色胡杨，要把自己的根刺入干燥的沙土间，长出一根根茎须，在幽暗的地底撒下一张大网，地面才会枝繁叶茂，成为抵挡风沙的战士。如果没有夜以继日的累积，寸寸的延展，胡杨也不会站成一头狮子，被狂风吹着金黄色鬃毛，耸立在荒漠戈壁之中。

试想如果咬紧牙关往前走，会成就怎样的辉煌？就像人生大关中的高考，被许多普通人看作唯一改变命运的机会。有人在努力的过程中，看到别人所谓的"天赋""天才"，就打起了退堂鼓。不，做这样的决定是错误的。贝多芬年轻时便双耳失聪，编曲时要靠牙齿咬住木棍来感受声音的振动，可他就硬是挺过来了，创造出了许多大气磅礴的交响曲。人们却用"天才"一词掩盖掉了他所有的努力和汗水。故而大多数天才不是什么特殊的人，他们本质上就是充满韧性、坚持到底的普通人，是义无反顾地打破界限的普通人。

每一步的方向和大小，都决定了我们自己人生的落脚点。总有人会因为做了错误的选择而后悔，也有人归咎于外在因素而自欺；面对人生道路的错位，有的人彷徨不前，也有的人怀揣热情和果敢迈开了坚定的步伐。19 世纪早期的拿破仑一世对敌情侦察不够，临战前分散兵力，初战不利又改变决心，指挥不果断，最终遭遇滑铁卢的惨败而成为天下人的笑柄；而梵高有执着的绘画梦想，他虽然在生前无人赏识，但在被人漠视、穷困潦倒的环境中仍坚持自己的梦想，画自己之想画，着实非常人可比。唐代大诗人李白小时候贪玩，得到磨铁杵的老婆婆的点化后心中惭愧，发愤读书，终成“诗仙”。无数事实证明：不因逆境而屈从，只有勇敢迈出改变人生的的第一步，并努力坚持选择的方向，才能抵达理想的顶点。“既然选择了远方便只顾风雨兼程”，古今中外，概莫能外。其实徐则臣还有一句话动人心弦：“所有的经历都是财富，没有一种生活会被浪费。”也就是说，走过的弯路都会有它独特的意义。

千里之行，始于足下。遇到迷茫、踌躇的时候，应该心平气和地仔细剖析自己，勇敢地做出正确选择。也许前路漫长崎岖，但我们每一步都有自己的选择权，一旦迈出了正确的一步，就要坚持下去不能放弃。每一条路都包含无限可能，那种不确定的因素会带给我们机会，会让我们有所转变，有所成就。坚持不懈地追求，永不停止自己的脚步，一步，两步，更多步，我们就会离自己理想的未来越来越近。

“路漫漫其修远兮，吾将上下而求索。”不要相信什么懒洋洋却能一步登天的人生迷梦，辉煌的人生都是建立在认真地迈出每一步之上的。只有抬头时记得挺直脊梁，低头时记得看清脚下的路，才能真正实现人生的价值。

冰雪长津湖，他乡埋忠骨
——观《长津湖》有感

翁源中学　高一（15）班：罗嘉乐　吕静香

2021年，电影《长津湖》热映。该影片将人们的思绪拉回到71年前那场反抗帝国主义侵略的正义之战中。我们跟随镜头追寻英雄的足迹，走进硝烟弥漫的战场，感受战士们的豪情壮志。那天，志愿军喊着响亮的口号“抗美援朝，就是保家卫国”；那天，志愿军在嘹亮的歌声“雄赳赳，气昂昂，跨过鸭绿江”中进入朝鲜。不少观众在看到这一幕时，都热血沸腾；电影结束后都忍不住感慨：“正是有了这些可爱的人，才有我们国家繁荣昌盛的今天。”

电影热映，不仅是因为徐克和林超贤两位经验丰富的导演水平高超，更是因为志愿军的事迹感天动地、抗美援朝的精神振奋人心。正是有了严明的纪律，天南海北的战士接到命令后能迅速集结。这些可爱的战士们在极寒的天气里也毫不退缩，仍然保持高昂的士气。因为他们心怀“下一代，能够生长在一个没有硝烟的年代”的希望，因为他们深知“如果这场仗不打，就会亡国就会灭种，身后就是祖国”。这一句句台词，让我们不禁热泪盈眶，也深深地刺痛着观众的心。让我们仿佛也置身于冰天雪地的朝鲜战场，跟着志愿军战士，一起痛击那“美帝野心狼”。

电影中的“冰雕连”令人肃然起敬。这得有多么强大的精神和意志，才会为了完成任务冻僵在雪地里？我们不知道，但是我们明白，他们最想听到就是那一声冲锋号，那一句“杀杀杀”。影片结束后，观众自发站起身来鼓掌，响起的掌声热烈而持久，不仅表达着对先辈的无限敬意，更表达着身为一个中国人的骄傲和自豪。

祖国今日的繁荣与昌盛，是先辈用鲜血换来的；我们今日的和平生活，是抗美援朝英烈们用生命换来的。

随着一批批志愿军遗骨回国，抗美援朝精神在国民的心中次次回响，历久弥新。“雄赳赳，气昂昂，跨过鸭绿江。爱和平，卫祖国，就是保家乡”的歌声仍在耳边萦绕。我们将带着抗美援朝志愿军的愿望走向更加繁荣富强的美好明天。

生逢盛世，不负盛世，是我们这一代人的幸运和使命。

（指导老师：朱爱珍）

碧血丹心，铮铮傲骨守家园
——观《长津湖》有感

翁源中学　高二（6）班：华　玲

“电影《长津湖》你看了吗？”前段时间大家聊天常常会这样问。作为一部战争类型的主旋律电影，是什么让它成为爱时尚的年轻人讨论的热点？当银幕落尽，我眼前浮现的是身上沾满泥土和血渍、眼神里却透着坚毅之光的形象。我想是那英雄的碧血丹心以及守卫家园的铮铮傲骨造就了这部影片吧！

《长津湖》讲述了中国人民志愿军第七穿插连及其兄弟部队参加长津湖战役，并取得胜利的故事。这一战，拼来了山河无恙，国家安宁；这一战，打出了中国人民的精神气；这一战，让世界对中国刮目相看；这一战，是一幅感天动地的画卷，也是一部豪情万丈的人性精神赞歌。

相较于其他传统主旋律影视作品“英雄”形象的固化刻板，《长津湖》里的每个人物充盈着血肉与灵魂，极具代入感。贯穿全片的伍万里一角是最好的例子。从叛逆莽撞的“小刺头”到冲锋陷阵的“神投手”，枪林弹雨的战场上，他最终成为了端起钢枪的战斗英雄。他想打仗吗？他不想。他害怕吗？他怕。他曾震悚于废墟中被炸死的人，曾痛心于战友的牺牲，曾在捅向敌人时犹豫不定，曾违抗命令写过“蛋讨书”，他如许多普普通通的人一样怕死怕疼，但当他目睹许多人的牺牲后，坚毅报出“第七穿插连第六百七十七名战士”时，我想那一刻他明白了“抗美援朝，保家卫国”的深刻内涵和动人情感。他的成长史是一个平民百炼成钢成英雄的生动体现。有句话说得好：哪有什么岁月静好，只是有人替你负重前行。而这个负重前行的人，原本也不过是你我中普普通通的一员，只是因为有了爱，有了责任，有了担当，那一片丹心便化作了碧血，从此铮铮铁骨替我们守卫起家园！

影片中的英雄有着你我的平凡。爱读书、有勇有谋的返伍士兵梅生把女儿的照片作为精神寄托；参战的二哥伍千里起初不想让弟弟伍万里上战场，因为大哥伍百里的牺牲和遍布红框的名字簿已成为内心的疼痛；老实敦厚的雷公时常“护犊”……他们有自己的故事，极具个性，却让我在残酷悲壮的战争中看到了人间的爱和温暖。但同时他们又有着共同标识：凛凛英雄气，拳拳爱国情。“我们把该打的仗打了，我们的后辈就不用打了。”英雄并非生来不凡，是信念赋予他们力量。英雄有着你我一样对亲人的羁绊，有着你我一样对幸福的向往，不同的是他们在关键的时候用信念作为人生的支柱，用担当守卫着这一片热土，不惧洒热血抛头颅，这才让我们有了今日国之昌盛，民之富足。

没有从天而降的英雄，只有挺身而出的凡人。今日之中国已无亡国之危，但我们面对的困难不比之前少，于是有疫情中的逆行者，有洪灾中的抗洪战士，有投身山区的大学生……正是因为有了他们的挺身而出，我们的幸福安康才有了更多的保障。每代人都有每代人的使命，在和平年代，青年的你我当怀“苟利国家生死以，岂因祸福避趋之”之丹心，有“心事浩荡连广宇”之胸怀，立下“潜龙腾渊，鳞爪飞扬”之志，用铮铮铁骨去铸就“钢铁中国”，让平凡的你我也成为建设富强祖国的英雄！

（指导老师：郭云英）

青春心向党，吾辈当自强
——观红色电影《勇士》有感

翁源县官渡中学　九（4）班：丘丽娜

“红军不怕远征难，万水千山只等闲。五岭逶迤腾细浪，乌蒙磅礴走泥丸。金沙水拍云崖暖，大渡桥横铁索寒。更喜岷山千里雪，三军过后尽开颜。”毛泽东的这首《长征》记载了长征路上的千难万阻，歌颂了红军英勇作战的大无畏革命精神！

在《勇士》这部电影中，令我印象最为深刻的一幕是：敌人狡猾地把泸定桥上的大部分木板拆除了，等到红军快过来时，就用火去焚烧木板。但他们的奸计并没有成功，就如同著名的诗人陆游所说“山重水复疑无路，柳岸花明又一村”，红军们成功地夺取泸定桥。在飞夺泸定桥的过程中，红军的二十二名突击队员，靠着必胜的革命意志，顽强地越过了光秃秃的十三根铁索链的天险。勇士们一个个趴在索链上交替匍匐前进。尽管炮火声震耳欲聋，我们的红军战士依然冒险奋勇向前，从未退缩，表现出了不折不扣、不屈不挠的英勇品质，是我们学习的榜样。

勇士们这种舍生忘死、锲而不舍、一往无前的革命精神非常值得我们学习。在和平时代，我们同样应该弘扬长征精神。在学习上，面对困难和挫折时，需要我们像电影中的勇士那样抱有坚定的理想信念，坚持把每一门功课学好。同时也要锻炼身体，使自己拥有一个强健的体魄，长大后为振兴中华而贡献自己的力量。

在如今高速发展的年代，爱国精神仍代代相传，印刻在每一位中国人的骨子里。青春心向党，吾辈当自强。面对突如其来的新冠肺炎疫情，全国十四亿人民听从国家的号召，居家生活，齐心协力一起抗疫；各地的医护人员第一时间请愿到武汉援助；建筑工人们昼夜不停地为病人们建造医院……最终，在中央的领导下，在全国人民的共同努力下，武汉的疫情得到控制，全国各地的疫情形势也转危为安。你看，当我们全国人民爱国精神的力量凝聚在一起的时候，这力量是无限大的！14 岁的全红婵忍受着常人无法忍受的痛苦刻苦训练，重复着常人无法忍受的一个个跳水动作，最终为家为国争光，取得了东京奥运会跳水女子单人 10 米跳台金牌。她的不怕苦、能拼搏的精神，爱家爱国的精神，正是我们青少年学习的好榜样。

少年强则国强，少年富则国富，少年独立则国独立。进入新时代，作为被国家寄予厚望的青少年，我们更应该具有爱国精神，更应该努力成为保家卫国的勇士，也更应该向革命先辈们学习，立下“青春心向党，吾辈当自强”的铿锵誓言。

（指导老师：李铁名）

欣赏红色影片，争做时代新人

——观《地雷战》有感

翁城镇中心小学　六（4）班：马文丽

周六下午，在爷爷的推荐下，我上网观看了一部红色影片——《地雷战》。播放之前，爷爷就简要地给我介绍了一下电影的主要内容：1942年，为了粉碎日寇对我根据地的“大扫荡”，胶东抗日根据地的赵家庄人民，在民兵队长赵虎的带领下，利用地雷战术，狠狠打击了日本侵略者。

电影一开始，我就被深深吸引了。你看：在战斗中，我们创造出各式各样的地雷，有踏雷、绊雷、飞雷、子母雷、碎石雷等等。你听：影片中的顺口溜“鬼子少了咱就干，鬼子多了咱就转，躲在暗地打冷枪，埋好地雷远远看”。你瞧：一群又一群的日本鬼子在“天女散花”中被打得屁滚尿流。地雷战简直是一个奇迹，无论鬼子如何狡猾，我们的战术都应对自如。

《地雷战》让我感受最深的是，我们中国人民拥有不怕困难、英勇机智、团结一心的精神。我自豪，我是一名中国人！我骄傲，为中华儿女的团结奋战的精神而骄傲！全民抗疫就是新时代团结精神的体现。当新冠肺炎疫情降临，全国人民众志成城，携手共度难关。当时许多医护人员纷纷写下战书，奔赴武汉抗疫前线，甚至八十多岁的钟南山爷爷也主动请缨。在后续的疫情防控工作中，我国人民更是紧密团结在以习近平总书记为领导的党中央周围。正因如此，我国的疫情没有像其他国家一样扩散蔓延，而是得到了有效的控制。

电影里，赵家庄人民不怕困难、英勇顽强的精神难道不值得我们小学生学习吗？对照自己，我羞愧难当，在学习和生活中常常遇到一点困难就退缩。记得妈妈让我每周看一本课外书并做读书笔记，我都坚持不下来。前几天，学校组织我们去医院打新冠疫苗的预防针，我差点哭出声来。

看完影片《地雷战》，我的心情久久不能平静。想想我们今天的和平幸福生活，这一切真的来之不易。所以作为当代小学生，从今以后，我一定要争做时代新人，刻苦学习，发愤图强，继承中华民族的光荣传统，爱党爱国，努力学习科学文化知识，掌握和练就建设祖国的本领，以自己的实际行动报效祖国，为实现中华民族伟大复兴的中国梦而努力奋斗。

（指导老师：郭云英）

那一段墨香环绕的时光

翁源县龙仙中学　九年级：何筱柔

至今我都无法忘记她，无法忘记那段时光。在那段墨香环绕的时光里，她让我明白，闻之清香的，不仅仅是字，更是一个人美好的品德，一个时代的辉煌。

相逢何必曾相识

小暑时节，如陆游所说：“万瓦鳞鳞若火龙，日车不动汗珠融。”一天，我正在家中纳凉，妈妈回来了。“小柔，过来。妈妈给你介绍下黄老师，她是一位很有名的书法家，从现在开始你就跟黄老师学书法吧，好好练。”我听见妈妈的声音，视线离开手机看向妈妈。看见妈妈身旁站着一位身材修长，穿着旗袍显得风姿绰约的青年女子，发髻挽起显得清秀雅致，戴着一副半框眼镜，眼镜下有着一双亲切含笑的眼睛。

我不想学英语的时候，曾经戏称学英语是“崇洋媚外”，我有一颗中国心。妈妈说，学习外国语战胜外国人，那叫“师夷长技以制夷”，这才叫强悍的中国心。我答应妈妈去学书法只不过是为了逃避英语补习班的噩梦，可谁知妈妈却真的去找了这位书法老师来教我！

墨香盈室

妈妈请黄老师在客厅坐下，递上茶，然后就介绍起我这个小顽皮来。黄老师微笑着点点头，答应几声。我看到她还是挺亲切和蔼的，心里也就放松了许多。茶过三巡，黄老师就走到大书桌旁，一边铺宣纸研墨一边问我：“小妹妹，会背古诗吗？”我说：“会。空山新雨后，天气晚来秋。明月松间照，清泉石上流。竹喧归浣女，莲动下渔舟。随意春芳歇，王孙自可留。”黄老师很快就把这首《山居秋暝》写了出来，对我说：“权当见面礼吧。”我看着清秀隽永的大字，心里佩服极了。

从那时起，我就爱上了毛笔书法，一得阁的墨香时常充满书房。我开始练笔画，揣摩结构，欣赏布局，我觉得书法的世界快乐无穷。一天，两天……我沉浸在流传至今数千年的书法艺术之中。我学习行笔的方法，学习悬针竖、垂露竖，学习长横，学习撇捺点折。起初一笔下去便走了形，几个星期过去了，终于略有进步，写出来的字有了章法，我也尝到了小有成就的喜悦。

老师教我的是欧阳询的楷书。黄老师不仅教写字的技法，还给我讲关于欧阳询的故事，讲盛唐时期书法家的故事。欧阳询是唐代第一书法家，写的字以端庄清秀、雍容华贵著称。唐朝，那是一个群星熠灿的时代呀！看着老师写的字，我浮躁的心也会沉静下来，这也许就是艺术的魅力所在吧。

我跟老师学书法也快一年了，虽然累却也很快乐，在学书法的同时也在陶冶情操，现在的我再也不是当初的书法小白了，写的字也有板有眼的。我发现我渐渐喜欢上了那种墨香环绕的感觉。

多情自古伤离别

又到一年的小暑。元稹曾赋诗描述小暑，曰：“倏忽温风至，因循小暑来。竹喧先觉雨，山暗已闻雷。”

今天老师破天荒地没有让我练习书法，而是陪她坐着聊天。“你跟我学书法有一年了吧，你的书法也小有成就了，老师马上就要走了，你以后要加油啊！”逝者如斯夫，不舍昼夜。不知不觉中，我已经沉浸在墨香里一年了。“老师啊，我一直很好奇，你的字价值那么高，市场上更是一字难求，可为什么你帮朋友写字的时候却一分钱也不收呢？”老师一愣。我发现这时老师的眼神渺远，我知道她的思绪已经飘向那个高贵的精神王国，她念道：“饭疏食，饮水，曲肱而枕之，乐亦在其中矣。不义而富且贵，于我如浮云。” 在经典的回响中，任何语言都是多余的！

那一段墨香环绕的时光让我明白，成功的背后是艰辛的努力，没有人能随随便便就成功。我也学会了如同书法中的字一样雍容端庄地做人，留下清香在这人世间。

（指导老师：陈华锋）

我心中的国家森林城市

翁源县龙仙第一小学　六年级：曾佳怡

习总书记说“绿水青山就是金山银山”。周末和父母在山里的游历让我对这句话有了切身体会。在一片片苍翠欲滴的树木掩映之下，一幢幢具有乡村风情的精致别墅散落其间。我知道，这是现实，不是童话世界！

我向往生活在绿意萦绕的家园里，渴望与大自然亲密接触，我希望我所生活的城市没有环境污染，人们的身心更健康，生活更富有情趣！我们可漫步于花红柳绿、蝴蝶欢飞、蜜蜂忙碌的园子里，能聆听小鸟清脆的歌声。可行走在“离流渺渺净涟漪，鱼跃鱼潜乐自知”的小溪边静观鱼趣图，可登上满目苍翠的“绿色长城”。

作为小学生的我应该从现在做起，从小事做起，不乱扔垃圾，不用一次性筷子和塑料用品，不践踏花草树木，不随意伤害动物。我们应多植树造林，保护森林。为了大自然的绿水青山，我们应坚持尊重大自然、顺应大自然、保护大自然。行动起来吧，愿我心中的国家森林城市能变成现实！

（指导老师：江群娣）

好家风伴我成长

翁源县龙仙第一小学　六年级：曾佳怡

自从我懂事起，父母就常对我们姐弟说，无规矩不成方圆；国有国法，家有家规。但是“规矩”是什么，我以前似懂非懂。

家是最小国，国是千万家，小到家庭，大到国家，都有自己的风格。

人生靠勤

一年之计在于春，一日之计在于晨，一生之计在于勤。父母给我们定的第一条规矩是：人生靠勤，不能好吃懒做，学勤三年，学懒三日。

我的父母，2017年在龙翔大道开了一家汽车服务店。他们每天做好早餐，送完我们姐弟上学，就过去店里打理生意。天道酬勤。爸爸工作非常卖力，每天就中午休息半小时，经过五年多的实践经营，积累了丰富的修车经验，还带出来了好几个徒弟！妈妈是爸爸的贤内助，她协助我爸爸做账、烧饭、进货、送货、招待客人、收发快递……每天从清晨忙到日暮，从不抱怨，从不叫苦。不仅如此，我父母还始终坚信商道酬诚。不管哪里来的顾客，收费和服务都一视同仁。现在我们家门店已经稳定下来，客户资源也越来越多。悄悄地告诉你，妈妈在我读一年级之前是做导游的。她说虽然跋山涉水很辛苦很累，但是她很喜欢！因为可以游览祖国的大好河山，还可以体验不同的民族风情。你说，我的妈妈是不是勤劳独立的中国好母亲？

诚实正直

记得我读幼儿园大班的时候，有一次，我看见妈妈的包在房间里放着，我看了一下四周，一个人影都没有，于是偷偷地拿了10元钱，去阿广伯伯的小卖部买零食。真不凑巧，买好零食回家的路上，被下班的妈妈看见了。做贼心虚，我顿时忐忑不安起来:回去我肯定会被妈妈‘竹丝炒肉’，我是上前道歉呢，还是等回家后再看情况，万一她没发现呢？一番思想斗争后，我快步走到妈妈面前，低下头去，一五一十地将事情经过告诉了妈妈。我本以为妈妈会大发雷霆，但她并没有，而是平静地抚摸着我的头说：“宝贝，虽然你拿了钱，没提前和我说，但是你现在主动承认了错误，并没有欺骗妈妈，所以你还是一个诚实正直的好孩子。”听了妈妈这番话，我感动地抱住妈妈，哭了起来。

妈妈牵着我的手，边走边告诉我：小孩的不良行为，大人如果视而不见，或者听之任之，长大以后肯定会犯下更大的错误，因为老人家说过“小时偷针，大时偷金”。我庆幸妈妈及时发现，并且教导了我。虽然我现在成绩不是最好，但起码我的品行很好。

努力上进

其实，我二年级的时候成绩并不是很好，每次测验都是80多分。我最害怕小测了，因为妈妈都会问我的成绩，还说考好了有鸡腿吃，没考好就只能吃鸡腿骨喽！我知道妈妈撒谎，她是爱我的，考不考好我都有鸡腿吃。但是当我考差时，妈妈总是安慰我：“宝贝，没事的，你努力了就行，找出原因，努力加油，下次一定能考好。”妈妈的宽容让我难过的心情一次次平静下来。我也下定决心，一定要用好成绩回报妈妈！现在的我比以前更加刻苦了，果然，功夫不负有心人，考试除了偶尔发挥失常，如今每科成绩都能保持在95分左右。我想这是我努力上进的结果，也是师长教导的结果。当然，更离不开妈妈细心的呵护。

节俭持家

我们家有三姐弟，我是老二，姐姐已经上初中了。姐姐长得高，所以她好多漂亮的旧衣服、鞋子都穿不下了。我觉得丢了挺浪费的，就和妈妈说：“除了过年和六一节，平时不用给我买新衣服和鞋子啦，我可以穿姐姐的，买姐姐和弟弟的新衣服就行了。节省一点，你们工作也不用那么辛苦，每天可以早点回家啦。”妈妈听了夸我懂事，说我是小小理财师，长大后肯定会持家。

珍惜粮食

“锄禾日当午，汗滴禾下土。谁知盘中餐，粒粒皆辛苦。”经过父母多年的拼搏，我们家终于过上了比较好的生活，但父母还保持着节俭的好习惯。每次去饭馆聚餐，没吃完的饭菜，父母都会打包回来。耳濡目染下，我们也养成了节约的好习惯，每次探亲访友，我们三姐弟吃饭总是光盘，大人们直夸我们是“别人家的孩子”！

尊老爱幼

每次回老家，爸爸总是带上一些外婆喜欢的水果、牛奶、坚果，有时帮外公修修补补各种家电和其他物件，和外公外婆聊聊家常……外公外婆逢人就说爸爸也是他们家的好儿子；在奶奶家吃饭时，妈妈则会让我们请奶奶先坐，叫我们把奶奶的饭盛好，往她碗里夹她喜欢的菜。吃虾时，让我们帮她剥好。奶奶不舍得穿新衣服、新鞋子，姐姐知道她心疼钱，就在网上给她买了一双凉

曾佳怡（左）和妈妈、弟弟在一起

鞋，奶奶说夏天穿着最凉快了……

在父母的影响下，我记住了外公外婆、爷爷奶奶的生日。有时我会做贺卡向他们表达生日祝福。在2022年春节前，我用自己的零花钱，给外婆买了一条红围巾。外婆说我是贴心的小棉袄，这个冬天最温暖！外公挖淮山药很伤手，姐姐用零花钱给外公买了一打棉纱手套…… 外公外婆、爷爷奶奶不仅经常给我们做各种好吃的，把家里收拾得井井有条，有时生意旺季还到店铺帮忙，而且鼓励我们好好读书，用他们特别的方式关注、激励着我们，盼望我们长大成才！

见贤思齐

我从小就有一股不服输的精神，也有一颗金子般闪光的上进心。当我看见别人写得一手好字的时候，当我看见别人领“学习标兵”的时候，当我看见别人征文得大奖的时候，当我看见别人弹钢琴、跳舞画画的时候……我心里挺羡慕的。所以，我一直在努力提高各科学习成绩，努力学习各种才艺。2022年元旦汇演，我报名参加学校竖笛队去永翔比赛，我们龙仙一小拿到了一等奖！

向善宽容

我在书中看过“不以善小而不为，勿以恶小而为之”的格言，并尽力实践为善。学校每次发动爱心捐款的时候，我都积极响应。小时候的衣服鞋袜，妈妈吩咐我洗净晒干打包好，投进旧衣物爱心捐助箱，给贫困山区的孩子送去温暖和祝福。我想，如果人人都献出一点爱，世间将会变得更美好！

（指导老师：江群娣）

再见了，我的母校

翁源县龙仙第一小学　六年级：黄北晨

小学生活就要结束了，六年几乎转瞬即逝，我们也马上要和母校龙仙一小说再见了。在毕业之时，我想对亲爱的母校说说我的不舍。

我们是多么不舍得离开！这里，有我的启蒙老师；这里，我们学到了许多知识；这里，也见证了我们的成长，仿佛是我们另外一个家。

我们在母校学习生活了六年，虽然只是人生的一小部分，但在我心里的分量很重。我们那一群朝夕相处的同学，已经没有当初刚见面的稚气，我们一起学习，一起游戏，一起成长。那宽敞明亮的教室、迎风飘扬的国旗、鲜艳的花儿伴我度过了六个春秋。

陈老师，您那乌黑的头发中什么时候多出来白发了，眼角什么时候多了一道皱纹？那是为我们调皮捣蛋操碎了心而长的吧。

虽然不舍，但总要前行。我会记住你们，记住老师的教导，记住这里的一切。离开之时，我想说一声：再见了，亲爱的同学，再见了，尊敬的老师，再见了，我的母校。

用青春拥抱时代

翁源县龙仙中学　九年级：刘钰婕

共产党人陈独秀说："青春如初春，如朝日，如百卉之萌动，如利刃之新发于硎，人生最宝贵之时期也。青年之于社会，犹新鲜活泼细胞之在身。"当我读到先行者的箴言，心里充满了激动和幸福感，因为我是一名九年级的学生，我拥有青春，而且生长在一个蓬勃向上的时代。这是一个欣欣向荣的时代，我感觉我像一只稚鹰，时代天高气爽任鸟飞；我又像一只小鱼，时代海阔风清凭鱼跃。

这个时代正在奏响欢乐美妙的旋律，我要用什么样的青春节拍来跟随起舞呢？繁荣的时代，召唤崇高的理想信念。有着崇高理想信念的人，就必定有着激情燃烧的青春年华；有着激情燃烧的青春年华，就必将拥抱最积极向上的时代。

我的青春从少先队员开始。我还记得在小学二年级时，我面向大队旗，跟随领誓人右手举拳至肩上，拳置于耳侧，拳心向左前方。我在队旗下庄严地宣誓："我热爱中国共产党，热爱祖国，热爱人民，好好学习，好好锻炼，准备着：为共产主义事业贡献力量！"那一刻我的步伐是紧跟时代的。

我的青春在七年级时仍然紧随时代的步伐。我加入了学生会，在学校共青团组织的领导下积极地工作着，我觉得我的心与时代一起跳动着，我的血液与时代的洪流一起汩汩向前涌动着。我积极参加鼓号队的训练，准备为中国共产党成立100周年献礼。在鼓号队里，我的角色是指挥，当我穿上礼服，手上的下圆上尖的指挥棒每一次跳动都让我为之感动，激昂的乐曲使我激动得满含热泪，想起了中国人民艰苦奋斗的百年历程。20世纪20年代，为了驱逐侵略者，争取祖国的独立和自由，那一代青年用破釜沉舟的勇气，用热血和生命，用最壮丽的青春，谱写了一曲以"五四"运动为主的时代主旋律，留下了中华民族历史上光辉灿烂的一页。今天，我沿着红色仁人志士的足迹，把目光投向了科技精英，投向了道德模范，投向了时代楷模，因为我也要像他们那样用我的青春拥抱时代，为时代添砖加瓦。

改革开放总设计师邓小平曾说："落后就要挨打！"我从历史的硝烟中明白，落后与先进的关键区别在于科技。科技先进则国家先进，科技强则国家强。现在芯片的制造和互联网技术不仅关系国家兴亡，也时时刻刻影响着每一个人。我作为这个时代的参与者，自当刻苦努力地学习，学习先进的科学技术，参与维护世界和平，拥抱这个充满机遇与挑战的时代。

用青春拥抱时代，不仅要有才，还要有德。于是，我把目光投向了时代的道德楷模。张丽莉面对危险挺身而出、奋勇救人的事迹，让我懂得了什么是对祖国的深深挚爱、对人民的大情大义；彭伟平的事迹，让我懂得了助人为乐是做人的本分，无私奉献是最大的幸福；其美多吉以螺丝钉精神紧紧钉在川藏线上，将来自党中央的声音、祖国四面八方的邮件送往雪域的各个角落，他作为"雪线邮路的幸福使者"，让我明白忠诚于使命、履行职责、立足于岗位就是在用青春拥抱时代。

我是五月花海中的一片绿叶，要用青春拥抱时代；我是初升太阳中的一束光，要用生命点亮未来。现在我能做到的，就是在学习中提高整体素质和道德修养，将来为中华民族的复兴作出自己应有的贡献；珍惜时间，用珍贵的青春去点亮未来，去拥抱最美好的时代。

（指导老师：陈华锋）

·他山之石

对联、门神和年画

黄金明

在村民看来，对联就是标语。那些讲究平仄、对仗工整，词语华美而寄寓着美好愿望的句子，被书法家写在裁好的红纸之上（现在也有对联商品，一般样式是书法体、边框印有精美花纹或图案）。红色就是对联的底色，字迹永远是黑色，显得严肃、庄重。左与右的呼应，红与黑的碰撞，使门口两侧具有对称的装饰效果，并将整座房子置身于那些吉祥语句的祝福之中。

还有一种对联是军属家庭特有的，由村委会或街道派发。内客基本和拥军爱民相关，比如“发扬革命传统；争取更大光荣”，横批通常是“光荣之家”。我家里因二伯父是军人之故，老屋便常常贴这种对联。

大年三十晚上（最迟在翌日清晨），人们将大门两侧已褪色或残损的旧对联撕掉，并用糯米粉熬制的香糊将新对联贴上，而门楣上还有横批。所贴之联跟去年的有可能一样，只是新旧不同。没有人家不贴对联，无论是破损的泥墙、红砖墙，还是铺着石米或涂抹着灰沙的新墙，在贴对联上都享受了平等的待遇。门上还要贴上五张“福纸”（粤西乡村一种印制着祝福语的纸片，上面写满了“吉星高照”“出入平安”“一帆风顺”“如意吉祥”之类的四字短语），屋里的每个房门上，都会贴上相应的一张。父亲每年都要在我的房间贴上“大展鸿图”的短幅。尽管他不多说，我仍能感觉到父亲的期望，这里头有一种无形的压力，让我焦虑不安。我又因胸无大志而难忍羞愧。那时的我认为，一个乡村孩子的前途大多在出生时已注定，无非是种田、进城务工或学一两门打铁、木工、理发之类的手艺，有何鸿图可言？我一直到十八岁，仍没出现任何离开村庄的迹象。

猪栏、牛舍和鸡屋，也会被贴上相应的短幅，写着“六畜兴旺”之类。也有人贴一些从土地庙祈福得回的吉祥纸，由缀满闪光铂片的红纸裁成，中间剪着数排细小的菱形孔眼，更具有纸符之意。

贴完对联及福纸之后，就是贴门神了。门神多是战功显赫、青史留名的武将，最有名者当首推秦叔宝和尉迟恭，关公和张飞也是有名的拍档，一些水浒英雄及《封神榜》诸神亦屡见不鲜。这样，除了历史人物，虚构人物亦“粉墨登场”。鲜见有人怀疑水浒英雄的真实性，倒是神话人物及神仙不多见（《封神榜》诸神、关公除外），譬如斗战胜佛孙悟空的年画甚多，我在门神中就没有见过。但这是我最理想的门神角色，但谁堪与其配对呢？莫非是肥头大耳扛着九齿钉耙的净坛使者猪八戒？

我所见到的门神的画法通常分为两类，一类是妙手丹青精心绘制的工笔人物画，其面容、铠甲、战袍、坐骑及兵器均画得精美而逼真，赏心悦目。一类是线条潦草、构图简单的地方木刻版画，既不符合透视比例，亦无神韵可言。而且左右两扇门的图像看上去一模一样，除了拿着的大刀方向不同（贴门神时刀口需向外，以寓防守本宅之意）。通常，此类门神上半部分都写着“魏徵”二字，魏徵实乃文官，也是门神中绝无仅有的了。民间之所以奉其为门神，是因为他在《西游记》中有梦斩老龙的情节，自然是一夫当关、万夫莫开的门神了。

有一年，我提出由我买门神，父亲默许了。我兴冲冲地在石湾墟的摊档上转来转去，看得眼花缭乱，终于挑了一对颇为罕见的门神，乃由二郎神跟雷震子配对。这对门神画工精巧，栩栩如生，让人百看不厌。我年三十晚上将其贴上木门时，父亲才发现我买的是何方神圣。令我意想不到的是，他竟将它们撕掉！有的地方粘得太牢，撕扯不下，就用镰刀将其剔剥下来。待他将门神清除干净，木门已留下了无数道被刀刃切划的深槽。父亲不管我的抗议和伤心，还是去买回“魏徵”换上了。我不明白他为什么这样做，但肯定跟某种偏执而迷信的念头有关。至少，他不喜欢我买的这对门神。画中神像显得另类而稀罕。父亲历来循规蹈矩，对非常规及逾矩之事充满惶恐。他可能是被两神将及胯下的异兽吓坏了，一为麒麟，一为猊兽。我当时想，对于迷信的父亲来说，用镰刀对门神作如此动作，岂非大不敬的逾矩之举？

我每次看到木门上的刀痕，都会想起父亲气急败坏而惶恐不安地握着镰刀，在木门上狠狠地剔剐的情景。

在老百姓的心里，门神是房屋的保卫者，而画像是看不见的神灵的象征性符号。神灵要对付的也是不可见的妖邪异物。贴了门神和对联，人们心里就踏实了，以此祈求家庭兴旺、添丁发财、生意兴隆、四季平安之类。

在春节后的好几天里，我饶有兴味地在村子里转悠，伫足于每一户人家前，品赏各家各户或相似或迥异的门神。这是一次免费参观的美术展览，那些精美的画像激发了我绘画的欲望。我有近十年沉湎于绘画，还在初中毕业后考上过美术学校。

门神也是每家必须贴的，但贴年画的人家不算多。

年画的主题一般分为三大类，一类是年年有余、寿比南山、万象更新喜迎春之类的传统吉祥主题。一类是描述古典题材故事（如《红楼梦》《西厢记》等）或当时走红影视作品的某些情景（如《新兵马强》《少林寺》等），进入20世纪80年代后，影视主题的年画喧嚣一时，由此衍生了一些电影明星的海报或玉照，而影视红星的挂历则稍迟几年。由此可窥见中国娱乐萌芽时代的缩影。一类是“保卫延安”“2000年实现四个现代化”之类，多是宣传相关政策或歌颂祖国和工农兵的。倘若将逐年印制的此类年画辑录成册，当可窥见那数十年间的中国社会变迁之脉络及风气。除了上述比较典型的三大类之外，现在百姓的家里梅兰松竹及诸类风景画也很常见；共产主义伟大导师马克思、恩格斯、斯大林的画像很抢手；毛主席的画像尤其受欢迎，至今仍为无数人所追捧。进入90年代后，传统年画和政策宣传类年画已淡出市场，逐渐销声匿迹，倒是挂历大行其道。一些明星肖像（除了港台明星等国内明星，亦有外国当红明星，开放之风已吹至此偏僻地带）大受欢迎。

贴好对联、门神及年画之后，各家各户照例会烧上一挂鞭炮。等着抢哑炮的孩子在一旁虎视眈眈，待爆竹声停了的时候便一拥而上。他们将捡到的哑炮烧掉或撕开炮身收集火药玩，如用于自制的玩具火药枪之类。这些游戏极具危险性，参与的孩子不多。

小时候，我家里没贴过年画，墙上能见到的是一幅镜框镶嵌着的祖母的炭笔画像。多年后，我从二伯父那儿看到了祖母的唯一一张照片，觉得那画像惟妙惟肖。那画像是父亲的手笔。亲手将祖母的画像绘制出来，那是父亲的愿望。为此，父亲苦练过绘画。

和观赏门神一样，我也喜欢挨家挨户地琢磨各式年画。那是一些真正的美术作品，其中不乏名家手笔，印象最深的是王叔晖画的《白蛇传》。还有《三英战吕布》的年画，画中人栩栩如真，连战马的神态及鬃毛都活灵活现，豹头环眼的燕人张翼德像要从画中猛扑出来。可惜我忘了这是谁的手笔。

在万象更新喜迎春之际，一本过一日就撕一页的厚重日历是每个家庭都少不了的。爱好占卜、八字、风水等算命之术的人，还备有老黄历及罗庚。

而如今，村庄只剩下老人和小孩，不少泥砖屋已于暴风雨中倾圮，那些西式小洋楼亦多是铁将军把门。在过年那几天，年轻人陆续从遥远的城市赶回家乡，扫掉积灰，换上新衣，在完成拜神、摆醮、游神、做年例等诸项跟过年相关的活动之后，又迅速回到城市。一年之中，也就那几天待在家里，仿佛家只是客栈。异乡又没有他们的家。大约元宵节过后，村庄又恢复了荒凉而凄清的景象。有的人家门前对联、门神及福纸焕然一新，而屋中空无一人。有的房子也没有对联及门神，主人已多年不返。直至房屋倒塌，杂草丛生，被主人彻底遗忘。

作者简介：

黄金明，1974年出生，广东人。中国作家协会会员。现供职于广东省作家协会，兼任广东省作协散文创作委员会副主任。在《人民文学》《青年文学》《小说界》《诗刊》《散文》《花城》《十月》《天涯》《作品》《雨花》《芙蓉》《山花》《钟山》《大家》等期刊上发表了多篇文章，作品入选《新中国六十年文学大系》《全球华语小说大系》等200多种选本。出版长篇小说《江湖告急》《地下人》《拯救河流》、小说集《吃了豹子胆》、散文集《田野的黄昏》《与父亲的战争》《凤凰村的昼与夜》、诗集《时间与河流》等12种。部分作品被译成英、俄、日、意、匈等文字。曾参加诗刊社第24届青春诗会。获得第九届广东省鲁迅文艺奖、首届广东省小说奖、首届广东省诗歌奖、第二届广东省散文奖、第三届《文学港》“储吉旺”文学奖、第三届《广州文艺》都市小说双年奖、第四届《红豆》文学奖。

与故乡相遇

世　宾

潮州作为我的故乡，我度过童年和青年的地方，我本应该早早为她写点文字。按照文人的习惯，故乡仿佛是文学取之不尽的一个情感和记忆的富矿，有多少经历、觉悟和爱可以与这块土地产生关联。我的一个朋友就为他的故乡——哦，不，是小村庄——写下了三四本书，且不说他穿插于小说中的多少故乡的元素。他家门前的一条水沟，一座一两米长的水泥桥，他可以写一两万字，使阅读的人以为是条大河——那么多的文字和故事，至少是一条大河才能承载得起的。还有另外一些老家的文人，他们常常在文字里写到我熟悉的街道、河流、风俗、饮食，甚至人物，这便使我不由自主地唤起我必须为故乡、为潮州写下点文字的责任，但我又一次次地放下了欲言又止的笔。

不能说我对故乡没有感情，不能说这些记忆没有深刻地印在我的脑海里，不能说我没有为家乡留下点文字的愿望，我甚至想写下诗歌，为故乡树碑立传，但这些想法无法激发起我的强烈的写作热情。这也许是因为我写作的关注点更倾向于思想和文化的建构以及宏大的时代主题。但故乡为何就无法和这些问题结合在一起呢？！我不知道。是否一想起故乡，或者关于故乡的写作，就必须和温暖、美景，或者与已经褪了色的旧照片相匹配的情景结合——这种写作的意识相关？这种审美的要求使我对故乡的写作产生了敬而远之的态度？或者说是我疏懒下来的理由？虽然故乡从来没有对我的写作提出这种要求，甚至故乡——如果故乡是一个富有活力和进取心的地方——她可能会鄙视我的这种如此浅薄的写作和廉价的赞美，以及这食古不化的审美习惯。如果只有如此浅陋的写作思想，那么我们的写作将无法为故乡增加一丝一毫的荣光，甚至会使本来就“脸皮薄”的故乡又被抽掉了一根“思进取”的肋骨。我的意思是作为家乡哺育的文人，我们必须有能力更加深刻、更加有力量地来面对故乡，必须凭着良知（取王阳明的“致良知”意）去写下文字，去与故乡相遇。

与故乡相遇并不是一件容易的事情，更不是一件自然而然的事情。许多人可能会认为回到了故乡，或生活在故乡的怀抱里，就是与故乡相遇。我们遇到的是故乡吗？我们的停留，或者定居就是相遇吗？

说起故乡，我的确会想起潮州古城里的大街小巷，湿漉漉的石板路，各式的糕点；我也会想起水面宽广、清澈的韩江（青年时我常常在江里游泳，那时拦河大坝还没建起来，水流湍急。有一年夏天，我还和一个同学往还横渡过韩江）；我还会想起潮汕大地的乡村，大片的农田间遍布着人口稠密的村庄，我在那里成长、恋爱、失恋。我还可以去清点那影响广大的功夫茶，那常新的美食，或者细算还留在潮州的朋友们留给我的记忆。这些都是写作取之不尽的源泉或者说材料。如果是应付式的，还可以写点不久前回去的见闻，写写我看到的渔排、远古的辟龙、新建的绿岛山庄。但这一切，在我们的前辈作家的笔下已出现了无数次。所有的重复都是远离，对于写作者来说尤其如此。

对于一个人来说，他第一次到访一个地方，看到这个地方的风景，这个地方、风景对他来说，是新的。但对于这个地方来说，它并不会因为新访客的观看而有新的变化，它依然是它自身。写作在一个事物上的堆积，也同样无法更新写作的对象，这种堆积反而对写作者构成了遮蔽：那重复的、被他人咀嚼过的、没有新意的写作，事实上像催眠的钟摆摇晃在写作者的心灵前，心灵并没有被激活，反而陷入沉睡。沉睡的心灵能与故乡相遇吗？沉睡的心灵处于一种懒惰的、对外部事物的变动缺乏感知的状态，缺乏勇气和体验力、认识力。依靠这样的心灵写作，事实上不仅是写作者已经被遮蔽，这样的文字也对故乡构成了遮蔽：真实的故乡在他的笔下无法彰显，而且会再一次消隐。与故乡的疏离已成为倦怠者的命运。只有活着的心灵才能见证故乡的存在，才能与故乡相遇。

何谓活着的心灵呢？那就是诗性的、诗意的心灵；是有能力挣脱旧规则、旧秩序的束缚，在更广阔的视野里关照故乡的心灵；是能与故乡的疼痛、挣扎和希望共鸣的心灵。

巴勒斯坦曾经占据世界新闻的头条，巴勒斯坦人要么被视为难民、流亡者，要么被视为恐怖分子；在公开表达的文字中，巴勒斯坦被描述成一个只有控诉、眼泪、战火和仇恨的地方；在西方的眼里，巴勒斯坦与其说是一个需要重整的民族，不如说是一个号召对立的符号。但爱德华·W·萨义德，这个从巴勒斯坦逃亡的作家，通过与法国摄影家吉恩·莫尔合作，在《最后的天空之后》（2009 年 9 月新星出版社出版）一书中重塑了巴勒斯坦的形象，重新唤起了巴勒斯坦的民族希望。他没有描述那大地上的苦难，也没有描述因土地被剥夺而行使极端权力的好战分子，而是发掘了从以色列建国到贝鲁特陷落这段历史时期，巴勒斯坦人在流离失所的受难中所激发的新的民族意识。他所描述的巴勒斯坦人的民族觉醒，不是基于战争和受难，而是基于宽恕、坚持、希望和欢乐的共同体。在萨义德的文字中，新的故乡出现了，他真正完成了一次和故乡的相遇。另一位作家刘亮程在他的《一个人的村庄》（2006年1月春风文艺出版社出版）里，书写了一座位于边疆的荒凉而静美的村庄。他像一个住在村子里好幻想的农民，观察着农人的劳作、草丛中的蟋蟀、耕作的驴等种种村庄里的事与物。他的笔调，给安静的村庄镀上一层暖暖的金光，仿佛夕阳下凝固的和美岁月。有评论者认为这不是真实的存在，这是作家臆想出来的地方，农民们的艰难、抱怨和泪水被彻底地忽视了。刘亮程和故乡相遇了吗？我不知道。但可以肯定的是，刘亮程在他的书中提供了一个静美的、有着蓬勃生机的乡村，他再造了一个新的乡村。这也是这本书吸引人的地方。

我举这些例子，是想说明要与故乡相遇是艰难的。故乡的出现并不是自然而然的，不是在套路的写作中，也不是在陈词滥调和流传的见闻中。而应该是在更高价值的关照下，在另辟蹊径的探索中；故乡也许不是整体地、一览无余地来到你的面前，她也许只是向你露出一角，甚至只有一丝一毫，却也能够为你呈现一个真实的故乡。

当然，相遇的艰难还意味着另一个问题的存在，那就是何谓故乡？韩江、湘子桥、上下水门、东门楼、牌坊街、凤凰山、功夫茶、胡荣泉、手锤牛肉丸、西湖边牛杂、潮剧、潮音、潮绣、木雕、老师、老同学、在那里发生的单相思，这些是不是潮州？是不是故乡的有机组成部分？是的，都是的，但还不是全部。我想说的是，在这些事、物、人的背后还隐藏着不为人觉知的、在幽暗之处激活着我们的生命，滋润着这片土地的东西，这个东西可能是我们共同的历史与记忆，共享的价值与理念，这才是真正的故乡。她血脉般的馈赠和我们从远方带来的、能再次激活她的思想因子、文化因子相互反应，在这种反应里，故乡才能真正出现。

对于游子来说，故乡就是永远的召唤，但回乡的道路越来越漫长，越来越艰难。我们这些游子，又能为故乡带来什么呢？

也许荷尔德林的诗歌创作过程能给我们一些启示。1770年，约翰·克里斯蒂安·弗里德里希·荷尔德林（Johann Christian Friedrich Hölderlin）出生于德国西南部内卡河畔的劳芬。三岁时，父亲去世，荷尔德林随母亲移居纽尔廷根，在邓肯道尔夫、玛尔布朗学习神学。1788年移居图宾根，他在这里认识了同学黑格尔、谢林，他们激发了他对哲学的兴趣；这个时期，卢梭、康德、席勒、歌德、费希特、莱布尼茨和斯宾诺莎也对他产生重大影响，法国大革命和古希腊文化作为现实和想象也震撼着他的心灵。1793年起先后在德国的图林根、耶那、瓦尔特斯豪森、法兰克福及瑞士的豪普特维尔和法国的波尔多等地当家庭教师。1798年后，因情场失意，身心交瘁，处于精神分裂状态，1802年徒步回到故乡。1804年在霍姆堡当图书馆馆员。1807年起精神完全错乱，生活不能自理。1843年去世。他的代表作有《自由颂》《人类颂》《为祖国而死》《日落》《梅农为狄奥提玛而哀叹》《漫游者》《返回家乡》《爱琴海群岛》《给大地母亲》《莱茵河》以及《怀念》等。他唯一的书信体小说《许佩里昂》是他的成名作。荷尔德林的出走、求学和工作历程，使他认识了所处时代的局限性，激发他探寻欧洲文化的可能出路。他的写作与其说是对时代的赞美，不如说是对时代的告诫。“回到古希腊”成了他对时代弊病开出的药方。荷尔德林的诗歌成为18世纪末19世纪初欧洲顶尖的诗歌，当然这个发现或者说认定是在一百年后通过海德格尔等人的哲学才被确立起来。

18世纪70年代，康德的理性哲学已经完成，欧洲理性思想开始主导社会，基督教神学的绝对性受到怀疑，上帝只在道德的层面被保留了下来，因此被称为诸神遁走的时代。在这种时代背景下，荷尔德林的诗歌主题就是“回乡”。上帝的退场和资本主义早期的冲突已经为人类的生存拉上了黑色的帷幕，人类的生存已经面临着海德格尔后来所描述的“深渊”状态：必死而不自知。而在“诗人何为”的追问中，为他总有一死的同伴寻找出路成为诗人的天职。荷尔德林的诗歌就在这种现实和文化语境下成为欧洲文化最高可能的象征。荷尔德林的诗歌有大量的对自然风光的描写。虽然诸神遁走，但在阿尔卑斯山和莱茵河地区，神的福祉和光辉依然安静地照耀着这片土地，清澈、澄明、优美的大地依然值得这里的子民向往。这也是他那个时代对辉煌的古希腊文化的想象，她成了人类在18世纪末19世纪初可以返回的精神故乡。当然人类已经返回不了了，人类在工业文明和欲望的传送带上越走越远，溃败、暴力和机器的轰隆声把人类席卷而去。

对于写作者来说，故乡存在于现实的处境里，更存在于文化的建构里，如同萨义德对于新的巴勒斯坦民族精神的建构，就像荷尔德林对于阿尔卑斯山和莱茵河的建构。唯有文化的建构，才能赋予一个有活力的、新鲜的故乡。

面对故乡，我不能仅仅赞美她的山山水水，而不看到她的破旧和愚昧；我不能仅仅看到乡亲的勤劳、温良，而不看到他们的贪婪和短视、他们的怯懦和得过且过；

我也不能追随着腐败，而不相信拯救的存在；我也不能困囿于日常的得失，而失去对新的可能的想象。故乡存在于现实的正反两面之中，更存在于她的新的可能里。

回潮州，也就必须面对21世纪中国的生存现实，必须在整体现实的基础上关照潮州，才能塑造出一个现实的潮州，而不是一个博物馆式的潮州。波德莱尔的《恶之花》《巴黎的忧郁》，本雅明的《十九世纪的巴黎》是这方面的写作代表。回潮州，也就必须在现实文化的关照下，展开对文化的想象，在未来文化还没被大众认识前，体味它的存在，并努力建构新的空间，它会馈赠我们一个新的潮州。

唯有如此，我们才能和故乡相遇。

2017年11月3日

作者简介：

世宾，广东省作家协会创研部副主任，广东省诗歌创作委员会副主任，东荡子诗歌促进会会长。在《人民文学》《诗刊》《花城》《作品》《星星》《诗选刊》《山花》《雨花》《西部》《江南诗》《福建文学》《文艺争鸣》《文艺报》等几十家文学刊物、报纸发表诗歌、评论三四百首（篇），著有《批评的尺度》《梦想及其通知的世界》《大海的沉默》《迟疑》《伐木者》《交叉路口》等多部文论集、诗集。部分诗歌被翻译为英语、日语、俄语、蒙古语、意大利语、葡萄牙语等发表。主编《完整性写作》。“完整性写作”主要倡导者和理论阐述人。曾获广东新人新作奖、刘禹锡诗歌奖。

家在湘西之托口

王心钢

湘西有一条江，叫沅江，它自南向北，流经湘西全境，最后进洞庭湖而汇入长江。游历湘西，最美的选择莫过于乘一只篷船沿沅江溯流而上，这是当年那流放楚地的诗人屈原寻觅香草和山鬼所走的路径，也是四十余年前，著名作家沈从文从北平回凤凰老家所选择的归家之路。沈从文的《湘西散记》和《湘行书简》，就是他从桃源雇一只小船，一路见闻所得。

托口镇自古就是商业发达、经济活跃、生活富庶之地，它是沅江上游最大的一个镇。在公路、铁路尚欠发达的年代，这里是一条繁忙的黄金水道和商品集散地，贵州和当地所产木材、生猪、稻米和桐油等农产品，均由此转运，乘下行船直运到常德入长江而到武汉一带；而上行船则运来生民所需的食盐、布匹、煤油等物资。

托口镇有三大码头，其中最大的商业码头叫敖家码头。码头上每天人来人往，停泊着几十条货船。黄昏时，来自贵州的木排顺水漂下，前前后后有三十多条，每条木筏上照例站着三两个精壮的水手。到了夏天，这些水手个个穿一条粗布黑裤头，肩上斜披一条长约两米的水布，他们吆喝着把木排靠岸，粗野地唱着橹歌，常引得江边吊脚楼上的大姑娘小媳妇支开木窗伸出头来痴看，这是沅江上最迷人的一景。

河街今貌

船停稳后，登上十几级斜的石阶，便是一条狭长的河街，街面铺着从河底捞来的大大小小圆圆扁扁的鹅卵石，两旁是一间紧挨着一间、高高低低的房子，前店后院，皆为典型的宋式建筑。店面都是用光亮的桐木杉木搭成，日晒雨淋，木板已呈黝黑色，但木质仍然坚实牢固。其中不少院子是大户人家的大宅院，庭院深深，多有几十年乃至上百年历史。

20 世纪三四十年代，镇子里有数以百计的店铺和手工制作工坊。沿街而行，有木行、布行、杂货商店、中药店、竹器店、铁匠铺、资器店、理发店、家具店、小饭馆等。街的尽头是一个广场式的大坪，小镇五日一墟，每到墟日，这里便成了热闹的大市场，附近十里八乡的乡亲，挑着各种各样的山货农产品在此摆卖吆喝。商人们趁此机会大声兜售着上行船运来的廉价洋花布、洋磁面盆。市场上熙熙攘攘，小孩儿们则喜欢围在油炸“筒筒粑”的小摊前，缠着大人嚷着要吃。

当时，河街南头正对码头有一家小木行，叫金城木行，老板姓敖，名金城，因排行老二，人称敖二爷。二爷为人忠厚老实，笑容可掬，虽只读过几年私塾，却机智聪明，能写出一手漂亮的柳体字，打起算盘来左右开弓，分毫不差，远近做木材生意的商人们都乐于与他打交道。

二爷的妻子姓杨，是个典型的湘西女子，长得秀眼俊脸，高挑身材，文静贤慧，虽不识字，却聪慧伶俐，勤快能干，尤其绣得一手好花。二爷膝下有三男三女，或许是吃沅江水的缘故，个个长得水灵清秀，冰雪聪明。二爷家有一座用木头搭成的吊脚楼，沿河而建，有三层，十余米高，敖家三姐妹们，早上起来，总喜欢站在楼上，迎着河风，沐着阳光，看艄公摆渡，有时也调皮地拖着长音喊：“渡船老者，有人过河哟——”童音清脆悠扬，常引来渡船老者爽朗的笑声。

这就是母亲常给我说起的托口镇，我心中最为向往的地方。敖二爷是我的外公，而母亲就是敖家的二妹子。

翻阅沈从文的作品，并无对托口镇的记述，心中不觉有几分遗憾，于是到怀化的第二天，我便请大舅、大舅妈做“导游”，与父母一起直奔托口镇。

公路是沿江而建的，宽阔平坦，江水萦回，轻飘如带，群峰竞秀，积翠凝蓝。岸边一丛丛竹林，在阳光下葱郁生动，若传统写意画。一些俨如有意布局、恰到好处的木屋子，高高低低，出没在绿丛中。香草山花，漫山遍野，好似《楚辞》中的山鬼、云中君，随时会出现在眼前。

到达托口镇已近中午。秋阳很好，走在老街上，像进入古典油画中，或许是未开发的缘故，老街的建筑保留较好，有一种怀旧的风情。街面不宽，有三四米的样子；街两边仍是铺面，是三四十年代的老屋，黝黑的木板向前延伸，渐就深入那种古朴的意境中去了。街道清寂，因为不是墟日，赶街的人甚少。大舅边走边介绍说，自从修了公路与铁路，贵州的物资已不再由此过，水路因而萎缩，青年人也大部分出外打工了，托口镇就渐渐衰落下来。

我沿街而行，试着寻觅当年的热闹与繁华，心中体味出的只是一种沉静，每家铺里面，仍有一两个人，或是少妇，用红线织着毛衣；或是老妇，坐在高高的门上，拾弄着零物，脚旁蹲一只黑黑的小狗，静静盯着我们；或竟是穿着花裙子的姑娘，白脸细眉毛长身子，一条黑亮的辫子，倚在柜前浅笑着，仿佛随时要对进门的顾客轻声细语地说："客官，要白酒还是要黄酒？"

拐过一条小巷，便是敖家大院。前面仍是木制的铺面，穿过铺面，有两个天井，围着天井有十多间房子，青石砌成的院墙有三十多米高。当时这座大宅院占地一千多平方米，住着敖家二十口人，而今其后代大多已离开托口镇，各奔前程，大屋从此换了人家。唯有天井的老树，仍是那么枝繁叶茂，引人深思，但我想来想去也只能想一两个简单的层面出来，回头看母亲，她正拾起一片秋叶，细细地看着，那追忆似水流年的神态，有一种宋词的婉约美。

离开大院，踏石板而行，便到了敖家码头，其中必有不少掌故。可惜母亲和舅舅都说不明白，只说敖家1910年从江西迁来，从此在这里安家做买卖，渐渐地置宅院和商铺，舅舅带我们来到"金城木行"的旧址，指着侧墙中的一块青砖说："你们看，那里刻着'敖姓'二字。"我抬起头细看，果真石刻的两字仍清晰可辨，岁月随时间流逝，文字与建筑却能使历史永恒。

在沅江旁留影

站在码头上看沅江，河面宽阔，河水仍是极清，阳光下一片蔚蓝，缓缓地流着，只是比以前浅些，更没了往日黄金水道的热闹。在不远的水面上，懒散地停泊着几只木船、铁壳船，那是淘金船。据说河底沙石有一定的含金量，一些见利忘义的淘金船就粗暴地把河底的石头挖起，东一处西一处堆成一座座小山，而河底则留下一个个陷人的深坑。旁边的一个小表妹嘟起嘴巴抱怨道："以往夏天，我们天天到河里游泳，现在这么多坑，谁也不敢来了。"对金钱的欲望剥夺了孩子们的童年乐趣，也剥夺了一切的诗意。

我不禁回头，河岸上的吊脚楼也不见了，特别是母亲小时候住过的那座吊脚楼，取而代之的是石砌的挡水墙和砖砌的水泥房。一打听才知道，原来这几十年来，水土流失厉害，经常涨大水，加上吊脚楼年久失修、人为破坏严重，一次洪水，那些吊脚楼彻底垮了，随水而逝，不留下半点踪迹。我变得像手执着老照片寻找故人般伤感起来：一切已不是从前。

我一个人走在坑坑洼洼的河滩上，滩上石头很多，呈大大小小的圆形、椭圆形，以及别的形状。石头上的花纹看起来像抽象的山、水、人、鸟、兽、花、木……我蹲下来，仔细地拣着、挑着，想像这些石头原先的模样：也许是山里一块几吨重的大石头，棱角分明，经过一场大雨的冲刷，它滚落到低洼处，破碎成几块；又是经过不少次大雨，洪水把它们带落到河里，水冲刷着它们，裹挟着它们一段一段地往下流……千万年过去了，石与泥在这里堆积，形成了一块沃土，地上渐渐有了树，有了人；人渐渐多了，聚居在一起，形成了小镇，有了“托口”的名字；后来迁来了一家姓敖的人家，再后来敖家的一个后代在这河滩上发呆……这些石头就是如此来的吧？

我们没有在托口镇歇宿，故乡的记忆只能留在虚幻中。离开时，我什么土特产都没有买，只带了一小袋河滩上捡的小石头，我把这些石头摆在书桌上，石头干燥时，灰灰的一片，然而当我把它们浸在水里，一个个顿时变得圆润可爱，色彩斑斓。看来湘西的石头是离不开水的，犹如《红楼梦》中那块多情的宝石离不开那些水做的女孩般，否则就失去了灵性。

我常常注视着这些水中的石头，无声地与它们对话，脑海里总是回荡着一句诗：“日暮乡关何处是，烟波江上使人愁。”

或许石头在问我：“你的家园在哪里？你原来是什么模样？”

作者简介：

王心钢，中国作家协会协会员，韶关市作家协会常务副主席，第三届广东文学院签约作家。

红棉情

黎燕雄

一

三月的广州，半壁春雨半壁花。

街口广场中心的那棵红棉树，直插进南国的轻风细雨中。它下半部分树干光滑挺直，上半部秀美繁茂。它的绿叶已经落尽，只剩下密得看不见天的红朵织成红光一片。其中最艳丽的一朵，低头窥视着树下一个个正准备跳广场舞的大妈们。

早上八点二十分。一双急促的脚，穿过狭窄拥挤的过道，冲进广场。

“张莲！张莲！张莲！”

“是蔡玉啊，你怎么在这呢？”在红棉树下，张莲停下脚步，一个急转身，吊起了那对淡淡的眉毛。

“我每天这个时间都在这跳舞啊。倒是你，走得那么匆忙，干啥去啊？”

张莲左手腕的手表秒针转了五下，同时也转出了红棉树下五秒钟的静默。静默如一根锋利的针，带着空气中的湿气穿过桃红色衣服上的纽扣，巧妙地缝制成一朵花苞，在等待着开放。

“你倒是说话啊，快把我急死了啊。你是哪里不舒服吗？”蔡玉放下手中的红扇子，疑惑地细看着张莲。

这是一张苍白而呆滞的脸，爬满了皱纹。毕竟这老乡也六十岁了，蔡玉想。蔡玉和张莲是老乡，两个人的孙子上的是同一个幼儿园，两人因为接送孙子而认识。

可能是蔡玉的话击中了张莲的内心，她开始像喷火一般从嘴里吐出唠叨的话来：“蔡玉啊，我已经连续一周整天整夜失眠了。昨晚就是夜里两点多醒来的，然后就再也睡不着了。还有我的膝关节很痛，年前就开始了。那种痛，痛进了骨髓里。我儿子说年后找时间带我看，但一直没有时间……”

“怎么这样啊？不过我看健康节目里的老教授说，一般睡眠不好，都是心病引起的。你是不是有什么心事啊？”同样是为带孙辈而离开家乡，蔡玉理解张莲的处境。

“不光是睡眠问题，我的胃也不好，有慢性胃炎。前天，我煮了点胡椒猪肚汤，刚喝下去，就开始胃胀、嗳气了；去年体检，检查出我还有肾囊肿、乳腺增生……”

“停一下！停一下！停一下！”蔡玉毫不客气地打断了张莲的话：“你这些啊，都是小毛病。到了我们这把年纪，谁没有三五个富贵病啊。那是老年人的标志。我们乐观点，把这些小毛病看淡点，就什么事都没有了。”

“你说得轻巧，乐观谈何容易啊。”张莲佯装轻松，可是额头上渗出的汗珠子是藏不住的。

“乐观”二字，让她想得很远很远。

她眼前出现了一个幽静的地方，那里有一座沐浴在阳光下的灰白色小房子。她被这景象紧紧地吸引着，她想走进去，摸摸里面的蔬菜、鲜花、果树，看看里面熟悉的面孔。在那里，失眠是一件难得的奢侈品。

这时，广场上轻快的歌曲声闯入她的画境，驱散了一切。

蔡玉边跟着音乐轻快地扭起腰身，边拉起张莲的双手说：“别想那么多了，先跟我跳舞了。”

张莲听蔡玉这么一说，一时哑口无言，凝望着她那张快乐的脸。

当软件高级工程师的儿子今年四十岁了，个性偏激。早些年，找了好几个女朋友，最后都是分手收场。四年前，好不容易找了现在这个媳妇，结婚生了个男娃。张莲正因为了解这一点，才无怨无悔地从家乡来到大城市，帮忙带孙子。

儿子每次和儿媳妇吵架，就动手打人。儿媳妇一直忍着，这些，张莲只能是装作不知道，所以她不能一味挑剔儿媳妇的缺点。而且儿媳妇现在还怀着二胎。因此，张莲必须小心翼翼地侍候着，然后把自己那个幽静的回家梦，时不时拿出来缅怀一下。

“你跳吧，我哪有时间跳舞。你又不是不知道，我儿子工作很忙，儿媳妇怀了二胎，不方便走动。我得赶快去医院看一下，然后回去煮饭侍候‘娘娘’去。”

“再忙，也得让自己开心。生命没了，什么都是扯淡的。懂不？”

张莲又恢复了沉默。可是，突然间，她嘟哝了一句：

“现在的年轻人，生活工作都不容易啊。”

二

广场上，传来了振奋人心的歌声：

“叮叮啊叮叮咚 叮啊叮叮咚
你有我有全都有 生活才轻松
叮叮啊叮叮咚 叮啊叮叮咚
你爱我爱大家爱 幸福的年代
……”

在这欢快的节奏里，那棵孤独的红棉树也变得雀跃起来。细风习习，红棉花相互嬉戏追逐。

只是愁云团块还在张莲胸中拥塞、翻滚。

她的思绪回到了二十年前的那个下午……

门“吱”地开了，摇摇晃晃地踱进来的是张莲那个性格暴躁的儿子。只是此时他可不再暴躁了，他用双手掩着脸，大颗的泪珠顺着他的指缝簌簌地坠下。

他一头倒在枕头上。

张莲清楚地记得她的手摸着的是一个颤抖着的身子。本想抚慰一下儿子的，她却忍不住靠在他瘦长的身体上，用眼泪染湿了他的衣裳。

张莲哭着哭着，竟昏睡过去了。

那天，天似乎晴过，太阳却早早落下去了。儿子拉着张莲的手，抽咽着说：“我以后是没有爸的孩子了！”

张莲忘记不了这个场面。那郁闷压抑的气氛，就像一阵暴风雨来临之前的黑云压迫着她的神经，直到神经崩裂。她理解儿子的悲伤，她得替老伴偿还亏欠儿子的快乐童年的时光。现在，儿子需要拼搏，需要人帮忙照看孩子，正是她还债的时候了。

张莲陷入深深的回忆之中。

这时，蔡玉清脆的声音，把时间拉了回来。八点二十二分。

“张莲！你发什么呆啊，跟我跳一下舞，我保证你什么问题都没有了。”

张莲回过神来，发现自己正站在红棉树下、蔡玉身旁。她听了蔡玉的话，回过神来，嘴唇在辗转：

“前几天我找医生开了一剂中药，治疗失眠的，另外还有一盒六味地黄丸。我吃了以后，腰痛更加严重了，睡眠也没有好转。”

“六味地黄丸，我家里也备有几盒。其实这些东西，就像是生活的万金油，头痛、上火、湿气……什么都可以治，但就是什么都治不好！最重要还是自己的心态。我就不管那么多了，每天雷打不动，必须先跳完舞，开心开心，然后再去干别的事情。你还别说，跳完舞，我总感觉身体被加满了油一样，干什么都快。”

张莲惊呆了。蔡玉的这番话让她想起了什么。她竭力搜寻着往事。她想起那个爱笑的老公，从前她生活中的万金油。他经常说，等他赚了大钱，就会带着她，还有孩子，一块儿回到她喜欢的那个幽静老家。

那时，为了圆她这个回家梦，他在电力工厂里卖力工作，家里再不买新东西，尽可能地省吃俭用。每个礼拜他们都会省下八块钱。他们谋划着，等攒够钱，就回她的家乡买上一个小房子，定居下来。

一天晚上，儿子睡着了。老公躺在床上和张莲憧憬这圆梦的情景。

张莲张着嘴听得入了神。这天晚上，他的声音是那样温和、亲切，他的目光充满了坚定。他说的一切都是经过深思熟虑的，他说得那样清楚明确，让她深感安全和幸福。

她激动地说:“这一定会实现的！”她觉得自己得到了老伴的保护。“真谢谢你！”她说，“太谢谢你了。”

可是，不久后的一天，他就病倒在床上，并且一蹶不振了。

在这之前，咳嗽折磨了他好多年。只是因为有无尽的工作和忧虑，他才没倒下去。

他的咳嗽总是在夜里发作。有一次发作，他从工厂小窝棚的折叠床掉下来在地上打滚，踢倒了热水壶。后来再发作时，他就跑到门外抱住那棵红棉树忍着。

他说，红棉树象征着希望和幸福。

过去的种种回忆突然纷至沓来，张莲直勾勾地望着那火红火红的红棉树。

三

手表的分针正对着“5”。

一朵调皮的红棉花掉落下来，重重地砸在张莲的头顶。红棉花散发浓郁的香味，停落在头顶歇息。它同张莲一起晃晃悠悠地远去，好像她们很多年前就已经成为了知己似的。

广场上的歌舞还在继续：

“香香的饺子吃起来 咕噜咕噜乐开怀

亲亲的朋友约起来 嘻嘻哈哈多有爱

一家几口聚起来 等着惊喜来

一路惊喜跟我走 跟我走 跟我走

……”

“我们这个年纪，应该做的事情是每天到公园散散步、跳跳舞，开心过日子。什么家务活，带小孩，都是附加的。只有这样，我们才能活得开心。”

张莲看着蔡玉，心忽然生了洞，无边无涯，深不可测。

今天临出门前，她特意穿上那双平时舍不得穿的运动鞋。鞋子是儿子四年前送给她的生日礼物，她总怕把鞋子穿坏了。

岭南春三月，湿气严重，路面上总是湿溜溜的。穿上这双鞋子，她仿佛穿上了一种神气，一种关爱，毫不畏惧弥漫着的湿气。

四年前也是这样的天气的一天，儿媳妇和她开始了一段对话。

“小姨差不多到了，我去门口接她？”儿媳妇问道。

“我和你一起去吧。”张莲说着，穿上了那双运动鞋，拿着一辆小折叠车，准备出门。

“叫她不要带这么多垃圾东西过来了，你怎么听不懂呢。”

“盛情难却啊。人情这个东西，不是垃圾。”

“有钱，这里什么都能买到！”

“钱不是万能的。”

对当时这段对话，张莲记忆犹新。

后来那一天还下起了大雨。暴雨一来，五彩的南国就变成一个愁云惨淡的世界。鲜明艳丽的花儿们叫横暴的雨点淋湿了，打破了，花瓣不知掉到什么地方去了。树木狂怒地摇摆着，互相揪着，扭着，骂着，吵嚷不休。

在小区门口，顶着大雨，儿媳妇一把甩开张莲的手，头也不回，负气拉着小折叠车及车上满满的南瓜、番薯等“垃圾”，往家里走。

张莲撑着伞，看着儿媳妇拉着小折叠车在雨中划过一条雨痕。她知道，儿媳妇这是一种无声的抗议，抗议小妹带来的“垃圾”。儿媳妇善于通过这种无声的冷漠，把各色情绪演绎给她看。这是对脸色有着非凡辨别能力的婆媳之间的一种“沟通”。

儿媳妇心里对张莲对小姨的妥协有些不服气。她回到家以后，换了衣服，马上就摔门出去了。

“妈。你搞什么的！我老婆都去医院打吊针了，让你别要小姨的这些垃圾了，又不听。”儿子在电话那头，像直通车不停站般不断埋怨。

后来，张莲才知道，儿媳妇当时怀孕了。大雨、小车、“垃圾”……让她不得不去医院保胎。

还好，有惊无险，暴风雨终归慢慢远去了。张莲念叨着。

“你快跟上我的脚步啊。还在想那么多干嘛！别有事没事整天瞎琢磨，想通了自然好，想不通心就受折磨。心情是自己的。别轻易去钻那个牛角尖了。”蔡玉的话像加了魔法一样，深深地吸引了张莲。

“蔡玉，你真潇洒。”张莲笑了，跟着蔡玉一起跳舞。

街角中心广场那棵红棉树下，荡漾起来的广场舞让张莲忘记了心中的错综复杂与跌宕起伏，她舞动起来，和欢乐的红棉花在广场上润成了一片。在那一刹那，张莲仿佛感觉到身上真的充满了能量，所有的毛病都不药而愈了。

作者简介：

黎燕雄，80年代生于广东化州。作品散见于《人民文学》《飞天》《广州文艺》《深圳文学》《胶东文学》《东莞文艺》《韩江》等刊物，出版了散文集《美丽焦点》，长篇小说《四叶花》，人物传记《适我无非新——杨善深小传》。

·书堂古韵

诗　词

陈　玻

故乡

黄泥旧树作尘埃，老屋檐墙满绿苔。
祖母音容今去远，无人唤我小名来。

瑞龙吟 · 入夏感怀

春行旅。看那燕子穿檐，水华滴露。杨花渐老村途，童年旧事，青眸四顾。

望南浦。唯有泪潸难驭，亲魂远去。庭深久坐无端，和谁履约，还谁吐哺。

曾觉江湖难老，可尊前伴，不修思绪。三十岁景匆匆，天暖心苦，生死离别，何事飞如絮。青山底，当埋身冢，成伤心处。入梦留春住。玉箫响起，穿如火弩。提笔同云语，风管得、须臾醉归思翥。孤怀怎遣，故人不负？

陈海燕

题六里镇浮桥

踏板青苔连水横，缆舟红锈御江风。
几多晴雪几阴雨，一丈行人一寸功。

卜算子 · 岁夜雨滴催

岁夜雨滴催，淅沥连绵久。应是琼楼破格施，力促春山秀。
元夕始晴空，赴约猜灯酒。月伴人归见玉芽，嫩比髫儿袖。

陈建聪

游梅花园

似玉花开香满衣，寒风猎猎不拟归。
今朝喜有梅相伴，若步闲庭看雪飞。

陈月阳

礼赞翁源下庄铀矿

巍巍五岭卧南方，千万菁英聚下庄。
星月载途承嘱托，功居青史著荣光。

陈志成

清明寄怀

永宅苍颜望石塘，春山惜晚弄轻妆。
追怀不择清明日，一守初心向旭阳。

释心

群楼拔地指云天，一境清幽恋八仙。
石叠亭居山自立，花羞叶展画相连。
心融世事听闲水，眼远嚣尘析素烟。
坐看池鱼多漾影，墙边秀竹伴流年。

陈足娇

念奴娇 · 午夜梦萦

孟春夜静，月华迷花影，香风摇叶。谁是庄生飞彩蝶？轻采芬芳殷切。人面桃红，清声穿柳，暗递相思彻。尽歌琴舞，欲留天外残月。

梦醒听雨南窗，迷离年少美，胭脂凝结。叹惜良人缘渺渺，恍似好花虚设。孤枕寒侵，帐纱无语，怅望灯明灭。痴痴遥对，一帘丝雨吟绝。

楚白起

闻雁唳有感近事

云深露冷雁南投，背日乘风去不休。
何惧清寒身际迫，只缘安逸险中求。
干戈每恨由人起，粱肉何堪与虎谋。
世事纷繁难再理，一声长唳过湘流。

莎皇特鲁索娃

姣若芙蕖气若虹，飘飘衣袂下瑶宫。
轻盈不逊昭阳燕，宛转犹追洛浦鸿。
惊艳人间酬蟹步，射雕冰面引弯弓。[1]
个中风采谁能及，一舞芬芳韵未穷。

注：①蟹步和弯弓射雕是花滑运动员特鲁索娃的招牌动作，独步天下。

邓本爱

七夕遐思

牛织经年玉体憔，银河受阻怨难消。
只因造化生嗔妒，无奈元神使鹊桥。
纵是触条须鉴戒，缘何易世弗宽饶。
声吁天将齐陈谏，不叫双星永望焦。

邓喜煌

乡愁

别祖离乡四十年，晨星晓月伴愁眠。
秋思万缕悲黄叶，梦景千回望旧阡。
风雨围楼成永忆，沧桑古柳结长缘。
断鸿声号寒宵里，游子当归侍圃田。

退休

风雨人生已过场，朝行暮宿度时光。
观书觅句南窗下，侍草浇花北屋旁。
邀客一棋开弈事，呼朋杯酒叙家常。
黄昏莫赏西山景，落日余晖可断肠。

龚雪琴

赏九仙桃花

煦煦春光万物丰，桃花朵朵笑园中。
霞光笼罩林间闹，只愿来年更火红。

郭振宇

滃江源国家湿地公园

滃江滚滚破空来，湖水粼粼画卷开。
绿道青山迎客笑，春湾碧浪逐人回。
翔云白鹭冲天问，丽日幽兰对月徊。
筑梦谋酬铺锦绣，修身为醉尽余杯。

辛丑端午忆屈原

凡俗皆知角粽香，每逢此节易悲凉。
千年高格启诸子，百代文星颂九章。
渔父往还行野泽，世人醒醉看残阳。
长风吹起汨罗水，欲向先贤酹一觞。

何 聪

观联群老屋有感

何日桃源结此缘，联群老屋景相连。
芬芳园内千株翠，耕读居前百卉妍。
艺海无涯勤涉足，书山有路奋扬鞭。
蜂回蝶转缤纷处，闲看白云溪水边。

赠余先生

近日得同学余先生赠书画集一册，感慨生焉。余先生在公务之暇，潜心翰墨，业有所成，吾因赋诗以贺之。

寒温苦练笔生花，终得丹青似玉华。
掩卷倚栏心醉甚，遥看天际满云霞。

何德初

春夜煮茶

红炉融雪煮春光，浪里仙芽起舞狂。
魅惑楼台高挂月，穿窗伴我共斟香。

读史《钱壮飞》有怀

英雄舍死意如何，救国兴邦壮志多。
投笔从戎甘佩剑，扬鞭策马勇挥戈。
无惭赤帜潜狼穴，不负初心伏虎窝。
血沃河山生异彩，丰功伟绩后人歌。

何军如

李花丽影

春暖山青绿韵飘，李园枝白万千条。
莺啼树下芬芳地，蝶舞花丛七彩桥。
天上瑶池升雾霭，月宫梦里聚娥娇。
冰肌风骨蚕眉秀，奏瑟清歌弄玉箫。

清平乐 · 李洞赏桃花

春闲不住，赏品桃红去。洞谷娥娇香满路，望尽歌声欢处。
虬树曲妙初青，花枝似诉浓情。离落锦书难寄，梦回心绪无晴。

何飞燕

夜雨清明

寒风侵骨寐神伤，梅雨轻飘落北方。
思忆家亲须祭拜，奈何奔住客南乡。

何明辉

落木吟

也得春晖也得风，秾肥清瘦两圆融。
悄然一别还回首，舞袖轻舒碧月中。

锅

名虽村俗足驰怀，细脍粗蔬使得开。
敢把穷愁和水煮，能将豪富抱薪煨。
院场客涌羹汤滚，梁宇歌缠舞乐回。
幸脱锤头锅再热，家家百味列砧台。

胡会东

游双月湾

东海片云飞，登台观岭巍。
棹歌随浪起，浦口筑城依。
碧色空晴阔，春颜客况违。
轻车驰万里，双月送人归。

礼佛光孝寺

深巷繁华飘紫烟，高云一塔引人前。
众生礼佛释尘累，僧殿传经接日圆。
圣地独幽方入静，恒沙无量可参禅。
诚心求得来生梦？守道忘筌俗作缘。

黄带有

书堂石

故事千年道亦真，诗魂西去未留身。
只今惟有江中月，曾照书堂灯下人。

秋随诸诗友松山湖采风

松山新客雨中行，湖面经风镜未平。
最是盈盈莲照水，红蜓飞处韵由生。

黄凤娣

书堂姐妹过六里浮桥

久闻浮桥梦寐萦，今朝姐妹约前行。
深情款款裙裾过，流水青山听笑声。

鹏城偶得

昔日相思在际涯，今朝遍赏杜鹃花。
鹏城展翅飞天去，港澳归来绘彩霞。

黄汉初

试饮松峰仙河酱香酒有句

轻车结伴游，玉露佐珍馐。
揭盖香盈鼻，飞觞馥满楼。
回甘温碧血，乘兴敬青眸。
醇厚丝绵长，贪杯不上头。

立春赏李花

昨夜着云裳，今朝碧绿装。
经冬飘玉雪，万里覆冰霜。
斗转寅归卧，星居丑奋翔。
春风轻抚慰，桃李自含芳。

黄慧娴

秋月连珠

秋风习习月柔柔，月满西楼雁寄秋。
秋稔甜圆桑梓月，秋江浸月使人愁。

黄伟红

丹霞飞机兰

乡村盛夏诱人来，似火机形①巧剪裁。
曼妙身姿飞欲起，山兰共与雀花开。

注：①机形，兰花呈飞机形状。

牛鼻村老樟树

炎炎夏日时，盏酒[①]恰心仪。
紫蔓攀高处，青芽发小诗。
三生延碧浪，一世曳风姿。
且待迎巢鸟，沧桑写满枝。

注：①盏酒，牛鼻村人家都嗜酒。

黄耀增

九仙桃

炎炎酷暑困朝昏，树上蝉嘶欲断魂。
欲问何方有佳果，邑人遥指九仙村。

三华李早花

霜落琼林晓气清，山间啼鸟向人鸣。
昂然更挺铮铮骨，万树瑶花夹路迎。

邝美璋

新春桃园行

新桃绽蕊笑春风，烂漫枝头满树红。
坐爱山川花溢彩，农家七月果登丰。

壬寅年清明

清明节至助忧愁，恍惚伤神望故丘。
杜宇声声啼野岭，鲜花朵朵献坟头。
迢遥路径峰攒聚，隐若溪山水绕流。
疫疠壬寅春料峭，追思祭拜寸心酬。

赖日增

阳西村咏荷

少光碧海漫荷烟，东莞阳西并蒂连。
池上一株才捧出，万般红白映蓝天。

蓝文铮

江城子 · 毕业赠诸同窗

经年此去问相逢。纵花红，与谁同。曾把轻狂，换了酒千盅。也不用流儿女泪，无限事，不言中。

昨时结得几癫疯。意无穷，恨匆匆。都似飞鸿，转眼各西东。诚盼诸君更展翅，青云上，九霄重。

李仕权

春游

一众踏芳翁，欢声妙语中。
柳梅怀晓日，桃李笑春风。
绿野双飞蝶，青天五彩虹。
骚人歌盛世，诗赋国昌隆。

春贺翁源

仙邑挂灯笼，春联万户红。
骚人歌盛世，处士贺年丰。
水碧民声壮，山青国势雄。
纷呈添异彩，虎岁展新风。

梁新传

中秋赏月

仰望星空玉兔悬，银辉倾泻至庭前。
良辰靓景妻儿伴，美酒佳肴兄弟连。
喜赏冰轮兴感慨，欣瞧月饼论团圆。
闲谈异地寻工者，此夕他乡可入眠。

廖细梅

春日回乡

日照春山叠翠微，恋乡孤雁逐云飞。
繁花夹道为谁美，一路芬芳送我归。

龙湖踏春

木秀山青百鸟鸣，湖光荡漾踏桥轻。
暖阳最是迷人眼，舞蝶飞花分不清。

林海鹏

廿岁其二

庭堂多泣泪，陌上独闲游。
草树循碑茂，浮沉与母愁。
三更街市奋，九岁米盐忧。
最晓艰辛事，沧江有钓舟。

冬日夜读

昏灯骤冷书翻旧，旧笔常温字写生。
破晓风声堪送月，流光尽散已天明。

林石妹

春山行

春晖作伴足生风，芳径苍峦画醉瞳。
偶遇垦民豪兴起，放歌一曲碧山空。

李洞水墨桃花

虬枝墨染缀红霞，白石为墙便是家。
沉寂山中长伴月，东君邂逅绽芳华。

刘桂兰

冷泉滩

滃水冷泉滩，优良度假湾。
潜游兼冲浪，凉爽又心欢。

坝仔花桥栈道

花桥栈道曲幽长，柳树依依绿荫凉。
对岸姑娘歌唱响，堤边墨客诵诗章。

刘坚南

壬寅春吟（辘轳体）

春雨无声润百花，湖边老柳吐新芽。
家山雨洗青如铁，远眺龙仙罩碧纱。

檐前玉线滴成洼，春雨无声润百花。
岭上松黄香扑鼻，邻家桂子满枝丫。

屋后鸪啼正晓霞，湖边老树吐新芽。
清溪野叟静垂钓，不顾肩头虫子爬。

晨起层峦云雾列，家山雨洗青如铁。
秧苗日日绿频添，布谷催耕声力竭。

骋怀游目沐朝霞，远眺龙仙罩碧纱。
绿道弯弯飘玉带，行吟击节韵参差。

刘群英

春日李洞赏水墨桃花

长天一色映苍穹，灼灼桃花墨缀红。
玉影仙姿留眼醉，佳人有约喜相逢。

观松岗铁石径古道感吟

古道幽幽径曲斜，坑深壁峭耸悬涯。
马嫲嶂石凌云秀，姊妹奇峰披锦霞。
先烈老区燃火种，群贤志士励韶华。
翁山美景如诗画，兰韵松岗万户家。

刘善立

咏翁源春兰

深谷春光里，芝兰映晓妆。
清高如帝子，素雅似娥皇。
疏叶徐徐舞，幽花淡淡香。
月中思对酌，江海寄情长。

老屋夜咏归来

草茂林深夜未分，清溪黄雀醉中闻。
下山回首来时路，愁看青天与白云。

刘新强

兰花酒

琥珀樽开细细尝，一杯胜似五云浆。
兰情绮思飞深巷，留齿沾唇余韵长。

乡村乐

他人结伴游宫寺，老朽乡村意自闲。
何必苦心寻雅趣，湖光芳草可怡颜。

刘祥明

步韵元稹《生春》拟句

何处生春早，春生杏靥中。
瑶台萌玉蕊，阆苑得东风。
映日和光丽，浮岚瑞气融。
人间三月好，醉步百花丛。

一剪梅 · 珠江源茶场行

一路欢歌笑满车，旋上云涯，峻嶂惊嗟。氤氲瑞霭把光遮。不见朝霞，满眼新芽。
玉带萦环秀色嘉，翠叶春华，气质清遐。流光忽倏日西斜。不是名花，却有名茶。

刘 瑶

游青塘古人类洞穴考古遗址两章

其一

鞍峰匍伏稻田旁，溶穴幽阴纳夏凉。
借问何人海桑后，来勘炭迹认初乡。

其二

夏凉冬暖适容身，鱼猎樵薪未避秦。
难料万年徒演进，现今我也穴居人。

刘细养

早春

停课回家悸未消，年来节到草还凋。
凫雏戏水黄莺啭，应是春归路不遥。

清明感怀

网上思英烈，家山祭祖宗。
少年同伴聚，说我白头翁。

丘尾菊

访李洞桃花谷

万树嫣红一径开，桃花谷里久徘徊。
请君莫笑风流客，似锦春光任我裁。

访九仙汤屋

携手良朋访九仙，早闻汤屋有灵泉。
双双喜鹊啼榕树，脉脉清波润玉笺。
满目青山无尽处，一杯美酒又成篇。
人情更比风情好，此地由来出俊贤。

阮兆佳

春雨

春雷惊醒梦中人，雨打窗台洗厚尘。
天降甘霖滋万物，地生岚雾润无垠。

古邑桃花

春临古邑桃花红，李洞群山墨韵浓。
此景何须天上有，翁源百里显云彤。

沈慧琴

枕上吟

托身闲处结斯庐，素与高怀两自居。
午短摊书兼岁序，夜长堆枕看盈虚。
几番霜泪思重渍，一片冰心梦六如。
歙尽千般沉伏后，压平皱褶复归初。

指天椒

嫣红嫩黛两相掩，江北江南处等闲。
榆火开春皆可颂，椒浆度岁未尝悭。
双眸看尽人飙泪，孤抱吟余自解颜。
莫说秋临皆落索，生来清骨不曾弯。

唐全文

龙湖夜景

龙湖小岛似蓬莱，路树生凉扇不开。
落日余晖银浪闪，华灯初上碧波来。

霓虹婉转黄金岸，歌舞频飘汉玉台。
夜幕降临温热散，清风习习惹诗才。

咏兰

深山旷谷涧边生，性喜悠闲利弗争。
唯好清风和皓月，芬芳自若远虚名。

唐银花

南浦 · 春日游海珠湖

烟浪淼无穷，数点凫，浮游逐弄漪涣。杨柳自依依，山眉翠，还又鸟鸣花绽。临风对景，一场清梦都吹散。客情百转。青丝几添霜，怅怀兴叹。

常因聚散匆匆，且乡路迢迢，回音迟缓。往事不能追，行吟处，惊觉暮春来件。功名莫问，世间诸法皆如幻。有君作伴，同醉水云间，知心知暖。

琵琶仙 · 观黄花风铃木飘零有感

春点江山，见园囿，十日黄花开透。亭立萦惹人心，难描此奇秀。风暗送，飘零起舞。更添了，几分僝僽。艳迹三春，香魂遍地，堪与谁奏。

可怜这，眸底芳华，更休问，痴情付谁手。嚅忍落花身世，泪涟涟侵袖。凭剪取，乡愁百尺，况复年，独自斟酒。对影同是天涯，返期何有。

王顺安

西江月 · 赏桃花

峦谷莺歌燕舞，山间草嫩林葱。轻车一路醉春风。此是桃乡李洞。
屋后门前花海，枝头树尾英红。芳香扑鼻蝶蜂丛。游客陶然心动。

新春咏怀

牛耕旧岁福人间，虎啸新春出玉关。
气贯长天魔疫遁，威行大地凯歌还。
九州焕彩千村美，百业兴隆万户殷。
幸喜稀年逢盛世，夕阳如火笑开颜。

吴化勇

五月二十日樵斋随兴十首选二

其一

梦滞江湖夜已深，侵人风露入瑶琴。
狂歌痛饮都无益，错寄相思误到今。

其二

东风吹老白头新，芳意如兰不受尘。
他日相逢莫相问，补天剩石是前身。

肖红梅

沁园春 · 翁中校运会

思绪翻腾，雀跃心情，久盼艳阳。秀花黄云髻，明珰玉坠，罗衫丝履，玉女容妆。水上蛟龙，山间猛虎，志若鲲鹏朝气扬。追随问，到中流击水，谁绽芬芳？

方刚健将登场，创佳绩台前领奖章。看燕轻闲捷，如飞脱兔，蜻蜓掠影，白鹭斜翔。放马金鞍，江山勇冠，奥运精神频递光。邀明日，庆须眉巾帼，再颂华章。

沁园春 · 翁城古镇

妆盛眉弯，紫袂翩翩，送艺润民。望古城内外，雅园曲苑，参天大树，绿草如茵。鹤舞平川，鱼翔浅底，滟潋清波延海垠。惊佳景，问翁南大地，谁巧齐臻？

携来百侣同仁，独创意，残仓破屋新。叹垂髫黄发，融融自乐，布衣商贾，别姓毗邻。彩绘宏图，胸怀大略，陈列方针得道真。期来日，冀山哥醉笑，田叟无颦。

徐国有

咏茶

我有一壶茶，浓香自足夸。
晨烟松火煮，普洱石泉嘉。
益寿怡心目，称功满树花。
安生冲泡饮，保健向谁家。

赏黄花风铃木

艳阳三月暖人间，金色风铃盖故山。
喜看春时花美景，能知夏日叶丰湾。
路旁有地尤其植，沙土成林又见还。
更觉温馨生瑞气，欣逢壮境尽开颜。

徐敏芬

无题

轻云追月月无音，杜鹃声声吐哀心。
春雨绵绵衣袖湿，灿烂暖阳何处寻。

赏三华李花

春风十里李花开，往昔骚客闻香来。
又见蝶蜂争宠恋，惹逗游人笑几回。

徐尚英

贺神舟12号发射成功

一箭穿云掣碧穹，三英笑傲入瑶宫。
已圆探月千年梦，更践图强数代功。
重器喜看兴国运，初心犹抱向时忠。
近临华诞诗情壮，禹甸飞扬歌大风。

壬寅仲春赴东莞抗疫

丑时闻令着戎装，拂晓逆行奔疫场。
出警怀仁何慷慨，为民无怨自昂藏。
雷惊海岳一川动，剑指烟霾万道光。
敢向天公留此话，瘟君不灭不归航。

徐寿镜

古树班章

我有一壶茶，盈盈品格嘉。
故枝河汉动，远水玉霄赊。
陆子三篇翰，功名久岁华。
无随春卉竞，绝色胜无瑕。

壬寅上巳节屏观诗长们采风得句

老去生涯未忘初，纵然品茗等闲居。
但闻弦诵新诗句，更得琴歌俗简书。
春好逢花知有意，鬓华对酒似关渠。
喜看处处皆奇绝，莫笑山翁只识渔。

徐　涛

牛岭水行赋

深山林荫蔽，行走鸟啼吟。
酷暑炎炎日，清茶好友馨。

春

轻风细雨柳条绿，暖水痴鸯互戏啼。
闺妮陌边寻玉叶，细燕田垅啄春泥。

许晓青

木棉

火炬高红直指天，春来傲放独其先。
精神浩荡山川伫，骨相昂然风雨前。
落地芳华仍烂漫，满枝新叶显娇妍。
浮云杳杳千秋过，不变寸心歌木棉。

与友夜聊风雨

淅沥雨声南北同，阴云难挡素心通。
何妨长夜遥相对，一望春来盼暖风。

杨建西

探亲小记

入屋惊呆喧姐弟，冲来箍颈醉天伦。
娇声袭耳柔心叶，嫩吻通筋化旅尘。
古岭飘红桃正盛，新楼绕绿柳初匀。
前牵右扯村溪去，一路童欢遍地春。

余洪春

九曲水秋行

闲游九曲避尘嚣，满目枫林似火烧。
远觅山花无细影，只言秋色胜春潮。

诗社聚会

日月轮回岁不休，才离酷暑又迎秋。
书堂诗社群英会，气冠翁山竞水流。

张朗强

桃源丽影

古道桃红鹂月开，八方宾客慕名来。
花前绰绰佳人影，玉手轻轻恐折摧。

水墨桃花

山坡谷底聚红云，石墨相依黑白分。
偶有佳人来去动，犹如纸上跃虾群。

张治平

秋行龙化杨桂斜

步入崇山秀色重，层林苍翠似神农。
群鱼闲戏溪边水，数鸟安栖石上松。
静谧神怡知境远，清凉意适觉秋浓。
只缘久处喧嚣地，他日还思到此峰。

重游九仙嶂森林公园

再顾公园已次年，车行曲径任盘旋。
云横峦嶂鸟空谷，风卷花场香满天。
且放高喉声激越，但闻清笛舞翩跹。
归时日暮炊烟袅，虽处人间却胜仙。

郑立荣

立夏

西天忽见彩霞还，一去青春不觉间。
昨夜鸣蛙惊晓梦，寻书当扇挥汗颜。

郑石华

春行半溪大塘肚

路曲云途远，青林潦眼狂。
讶然深嶂岭，居住牧耕郎。
牛犊浓荫下，春溪竹笋长。
静宁听鸟语，岁月自芬芳。

郑先勇

壬寅岁大年新春有吟

宿雨霁初晴，家山风物明。
新春多愉悦，杯酒少逢迎。
辗转亲朋事，无关狗苟名。
流年常似水，难忘是恩情。

长相思 · 吟纳兰容若词用其韵抒怀

山一城，水一城，生活他乡那畔营，夜深璀璨灯。
思一更，念一更，上下寻求何事成，车轮飞速声。

曾 洁

李洞桃花开

青云深处桃花谷，浅粉嫣红一簇簇。
为念伊人昨夜开，芳心暗与春风逐。

春意

春来坡上花千树，最爱南枝景不同。
玉鸟佳人香雪里，清声丽色画图中。

陈小勇

翁山印象

翁邑弄天色，潋滟碧水流。
峰峦远近间，山中意味悠。
青翠迷人眼，更兼径道葱。
漫步游兴浓，诗情画意醉。

黄世环

赞白衣天使

春来病毒闹神州，到处疯狂肆虐愁。
抗疫众声充耳畔，援兵翁邑战魔牛。
核酸检测阎王惧，天使拼争病毒休。
待到风和红日艳，全民乐奏凯歌讴。

文　赋

刘释之

翁城记

岭南曰广，韶州为大，三区七县，翁源为重；翁源之中，翁城为仪。昔称翁源名邑，盖县治所在也，今则以民淳乐居名播吾粤矣。

夫一城一地所以传者，风光也，人文也，而翁城兼有。观彼三面环山，秀拔丰崇。又一河北来，泽被斯土。宋杨诚斋咏狮岭曰："排天双壁起，度月一峰先。"此文宗为翁源赞叹也。

古曰人杰地灵，然非地灵先于人杰，实乃人杰先于地灵。翁城之灵，曰墨岭温屋山岽遗址，此其古蕴也；曰元詹公三庙、明忠义祠，此其忠勇也；曰清翰林李林，此其君子也；曰近世英豪李祖恩、徐尚同诸子，此其浩然也。又曰明伦学堂、尚同中学，教化一方，涵煦百年。今翁城重光，舟车熙熙，商贾攘攘，民安畎亩，乐生敬终，此治化之功也。凡草木城渠，或浚或修，或续或兴，一一并复。仰观山川如新，飞脊流檐；俯察原隰成文，云绮溪回。

噫！一城所系，道脉而已。道脉所系，治乱而已。向之翁城为邑治，岭南称盛，而道在其中矣。及遭倭祸，城毁县迁，抱德虽厚，榛莽荒凉，无所施之。今逢盛世，人兴物丰，精神焕发，道脉归来，卓然称盛矣。足见人事之盛，实能弘道，道岂虚哉，亦系于人也，吾于翁城兴衰得之。

是为记。

庚子雨水刘释之写于羊城闻蛙草堂

重修中山纪念亭记

民国十四年，亭建于城中衙内公园，八角形制，翼然林杪，以志中山先生也，而蔚为一时胜景焉。后遭日寇空袭、县治外迁并他诸劫，犹自岿然耸立。孰料一旦废除，荡然无存！比及共和丁酉，吾友来宰斯土，阅史睹亭，闻其始末，扼腕之余，有志复之。越三年，政通人和，国泰民安，乃藉城乡升级之机，本其旧制，鸠工庀材，重谋兴之。阅三月而告成，立于天后宫塘畔，非侈游观，差慰怀人之情云尔，于是嘱予作文以记之。

呜呼！时有盛衰，物有兴废。向之翁城，当其盛也，城郭内外井烟互覆，咿唔弦歌之声相闻；迨后遭袭，墙圮城毁，名胜多荡为丘墟，斯亭独存，而盛世反遭荼毒，今始复兴，乃叹兴废之无常也。然世间岂有不废者存耶？吾韶廖柴舟尝云：“周孔之道德，班马韩欧之文，穷天地，亘古今，行之远而弥彰，历之久而愈炽，盖不与凡物为类者，又安有或废之足虑哉！”

盖知道德文章，盛固常兴，衰亦不废者，若陈伯玉之于幽州台、范希文之于岳阳楼也。则复亭嘱记之举，有意寓焉。亭东南而望，大腊岭巍然耸峙，杨诚斋尝为之咏，虽屡经世变，而斯处奇观窈然，不废于人心，得讽咏不磨者，岂非律吕文章之力哉！是为记。

庚子荷月上浣刘释之写于羊城

吴化勇

风雅书堂集序

夫贵盛华侈，或显于一时，然不足树立于百代；沉抑寂寞，虽囚于一隅，或可风雅于万方。志塞而后通，诵诗以言志，即不逞志于当时，或能通达于后世。揆之古今，往往然矣。翁邑于地虽称蕞尔，然自唐宋而来，以风雅通达于世者，历历不乏其人，其翘楚乃有晚唐岭南才子邵谒。

谒素怀奇志，然不逢时，沉沦下僚而憾无建树，不得已退求其次，束发苦吟，咏叹古调，终成一代文雄。邵子不假良史之辞，不乘飞驰之势，立其高格，雅其诗作，终不朽于天壤间，其读书之所——书堂石，亦因之大雅其名。凡我翁邑之人，言吾邑人杰地灵而不赧然羞惭者，邵子之泽大矣哉！

人言谒之名成由诗，谒之诗成由胸中耿耿之气激之也。耿耿之气曰何？余谓之风雅，此亦名曰《风雅书堂集》之由来也。夫一人之风雅成，或可禀承于天赋，或可浸润于家风，然一地之风雅成，则有赖于诗教之普施也。昔孔圣删《诗》三百篇，以《关雎》为风始，足见圣人为天地立心，以风雅为旨归。故我诗社立社之初，即以“承大雅，敦诗教，扶礼乐，易风俗”为宗旨也。

立社而降，书堂诸子皆以崇邵子、继先贤为志。五载寒暑，如过驹流云，今停杯忆想，感慨生矣。忆昔数百诗侣枝附影从，书堂风雅得以再续。滃江春晓，岂让洛社英游；南浦柳长，不啻兰亭雅集。诸子各骋诗怀，抽引绎思；自遣妍词，达解妙旨。胜日则招携佳侣，春云亦悦集良朋，避嚣远俗，放心逞志。其乐也何如！欣则揽青云山之烟霞，纷呈丽藻；闲则赏书堂石之璧月，澹漾清光。时熏风初起，吹草木之句萌；诗教日开，启人文之锁钥。喜见郢曲欣操，应者渐夥。楚骚尤诵，韵风长熏。矧先圣之睿哲，明阴阳之化成。思何以正人心，重诗文以教化。

适五周年际，《风雅书堂集》将付梨枣，聚诸子菁华千余篇，嘱余序之。余徘徊诵之，中夜三叹。一编风雅于手，书堂文脉诗韵缕晰在目，如八泉细流，润物无声。汩汩始泉，入江成其澎湃，入海成其博大，可拭目以待也。今书堂好学尚雅，蔚然深秀，不亦邵夫子辟土开疆之功也哉？邵夫子处穷愁坎壈之境，呕心发奋而为诗，其辉光灿目，埃尘不能掩，兵燹不能毁，盗跖不能贼，历千载亦灼如，余响激荡，启钥后辈。望我书堂诸子能继其志意，弘其雅怀，酬其素愿。倘他日诗道真昌熙于翁山，风雅长粲蔚于百众，凡贩夫走卒引车卖浆者皆曰此书堂诗社有微力焉，则我书堂诸子欣然属酒，酹于书堂石畔、夫子像前，俯仰天地而真无惭也。

辛丑中秋前夕武陵樵夫吴化勇写于翁源

龙兴茶院秀掌柜记

翁源草木，为岭南之卓者。其百类之秀，有兰桃李茶之属。其荣胜实者，芝兰是也；实胜荣者，桃李是也；文质相生而荣实兼美者，非茶茗而谁耶？

乃有浔阳奇女子曰秀掌柜，秀于外而慧于中，端和得众，创龙兴茶院于滃江之畔，设茗而待宾，以识知音者。常伸一己之爱，而惠于众。余自潇湘居此山城，今十九载，因才拙而志短，故得以长闲。为此长闲，故与龙兴茶院而有缘也。

余识秀掌柜亦有年矣。尝见掌柜煮一壶之茗，闲静以思，若待知音者。茶院自无俗客，有客皆芝兰之属。客每入座，即觉欲生清风于两腋。而余因长闲而沾溉久矣。每于春秋消醉，喉润而肠搜；夏冬破闷，肌清而灵通。噫，余岂料客此天南，废卷之余，能得常闲此院，以慰孤寂耶？

古言草木不荣而实者谓之秀，夫秀掌柜者，外秀而内慧，亦荣而实者耶？以荣而实者之掌柜，而瀹荣实兼美者之佳茗，于龙兴茶院而待诸大雅之君子、窈窕之淑女，其中之妙境，非身临心会者不可至也。

壬寅季春潇湘武陵樵夫撰于滃江西畔

楹　联

陈建聪

题龙田村

龙吐云霞萦帅邸；
田生桑竹影荷池。

题龙田社下

社下焚香，由来忤逆枉心拜；
神前祈福，一向淳良遂意求。

陈海燕

家规

孝贤当首；
仁义立身。

家族食堂厨房

杯酒壶茶暖兄弟；
饭汤碟菜香嫂姑。

何德初

题望仙楼联

玉宇千寻，望里山城皆入画；
琼楼百丈，云中凤阁可摩天。

题白面仙岩联

今世有迷津，可往岩宫求佛子；
此生无远梦，休来洞府扰神仙。

黄带有

滃江月夜行

画阁凭栏，观一江月色；
残垣访古，闻千载书声。

莲溪夏景

万柄朱荷，香气满湖飘水巷；
几重青嶂，岚烟罩树接云乡。

刘文昕

永兴庙

一水明门兴万代；
三山贵秀永千秋。①

注：①上洞村南北走向、北高南低、三山一水。永兴庙，建于村南水口处，三山来朝一水明门，镇守全村风水。

相堂祠

三峰笔秀文锦相；
四水财成武华堂。①

注：①相堂祠为刘祖秀成公开基，是双龙贯气、三峰笔秀、四水归堂之风水宝地。

丘尾菊

壬寅春联

牛劲未消，万亩兰花开景象；
虎威初振，满山桃李促商机。

题大暑

骄阳似火，汗水涟涟，欲问凉风何处觅；
熟稻流金，荷香袅袅，得逢清气此心宁。

阮兆佳

春联

辞辛丑金牛砥砺；
迎壬寅瑞虎扬威。

王顺安

春联一

民生固本，分忧履政千村事；
政令倾情，送暖惠民万户春。

春联二

春满人间丑岁牛得意；
福临小院寅年虎生威。

吴化勇

天然居之林泉居

林泉有致，到此机心皆收去；
风月无边，凭谁至道独悟来。

天然居之竹泉居

竹逢晋士尤知节；
泉奏唐音欲作诗。

2022 年新春春联征集评选活动获奖作品

经过一系列的征集、评选，2022 年翁源县第二届“潮涌滃江”春联征集获奖名单终于出炉了！

本次活动共收到春联近 70 副。来稿以通俗易懂的语言，以习近平总书记在中国文联十大、中国作协九大开幕式上的讲话精神为指导，以社会主义核心价值观为引领，紧扣“潮涌滃江”的主题，表达了新愿景，营造了浓厚的节日氛围。

翁源县文化馆特邀请专业评委，匿名严格评选春联作品。评选以百分制计分，取三位评委平均分，经过评委老师们的认真点评，现评出一等奖 1 名、二等奖 2 名、三等奖 3 名、入围奖 10 名、人气奖 10 名。获奖作品及名单如下：

一等奖（1 名）

· 何志群

龙仙中学春联

滋兰树蕙，不负初心，春风写序开书卷；

栖凤聚龙，更坚远志，晓日融冰作画图。

二等奖（2名）

· 龙　二

翁源县退役军人事务局春联

解甲立功，雄姿更发风云气；
归田种玉，豪气犹添海岳春。

· 文　夫

翁源县教育局春联

莺声啼暖日，日照清源，兰芷争荣沾化雨；
虎步踏青云，云开绛帐，弦歌不辍沐春晖。

三等奖（3名）

· 肖春英

春联一

瑞虎将好雨迎来，织锦翁山，桃花早约春风暖；
新莺把朝阳唤醒，流红古邑，兰韵先歌淑景长。

春联二

滃江淑景长，碧水流香开画境；
仙邑晴晖阔，红桃带醉闹春潮。

· 何宇航

春联一

日暖风轻百里罗江皆入画；
桃红李艳千年古邑尽浮香。

春联二

罗江水暖千岭翠；
古邑桃红万家春。

· 谢振富

翁源县住建局春联

春苏万物，似画兰乡，广厦筑成中国梦；
日出千山，如诗仙邑，初心书就大同篇。

入围奖（10名）

·王　大

龙仙镇政府春联

龙集春云，仙腾瑞气，抟鹏致远乘风起；
党明航向，政顺民情，奋楫争先破浪行。

·何德初

春联一

东风卷起滃江浪；
晓雨浇开古邑春。

春联二

万众竞扬帆，携郁郁兰香，乘风划破滃江浪；
千家争运笔，蘸青青柳色，逐梦描开古邑春。

·赖金足

春联

央视龙湖取景，鱼跃清波偷试镜；
国兰庭院飘香，莺啼画栋欲拈春。

· 黄海波

春联

潮涌滃江，虎跃书堂新气象；
春携暖政，兰铺画卷大文章。

· 涂勇生

春联

春风挥笔，燕剪朝霞，万里江山披锦绣；
好雨催鞭，牛耕沃野，一片桃李竞芬芳。

· 蔡明梅

春联一

仙邑春浓，古围洒落兰花雨；
客家梦美，丰岁吟来滃水诗。

春联二

百越铺春，莺声恰恰迷仙邑；
客家追梦，虎步腾腾续小康。

· 山　鹰

春联

民生固本，分忧履政千村事；
政令倾情，送暖惠民万户春。

· 曾　洁

春联

仙北仙南鹤仔飞，兰乡雅静；
江头江尾龙船渡，古邑繁华。

· 妫海霞

春联

蘸墨滃江，春风特写新时代；
描红盛世，梦想徐开大画图。

· 梁志强

春联

披星戴月，甘露如珠迎旭日；
破茧成蝶，泉声似曲唱芳华。

· 书画金石

《书堂遗址》　刘海燕

《家园小调》　黄汝伟

《家乡蔬果香》 罗耀环

《晌午》　廖展盛

《雪竹八哥》 王孟

《起风了》　罗林明

《岭南早春图》 严少飞

《失乐园》 张秋琳

《滃江之源》　何仲辉

《青山竦峙》　林兴

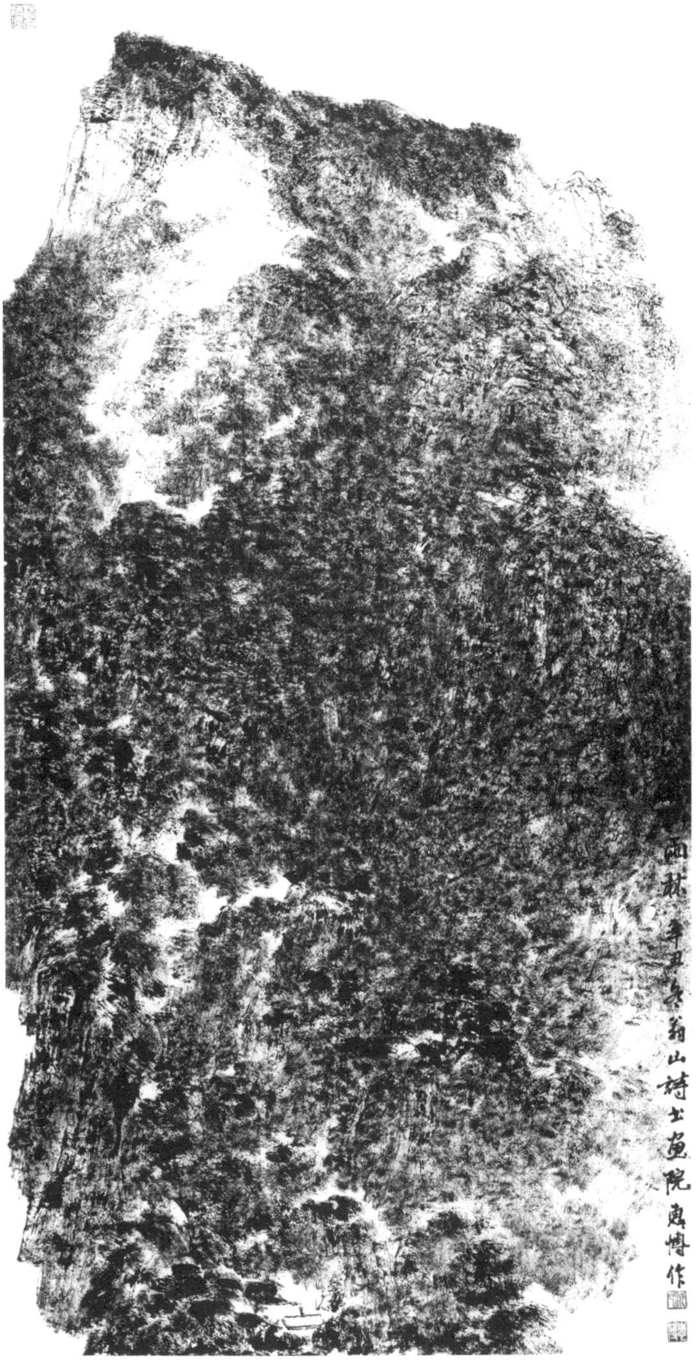

《雨林》　沈惠博

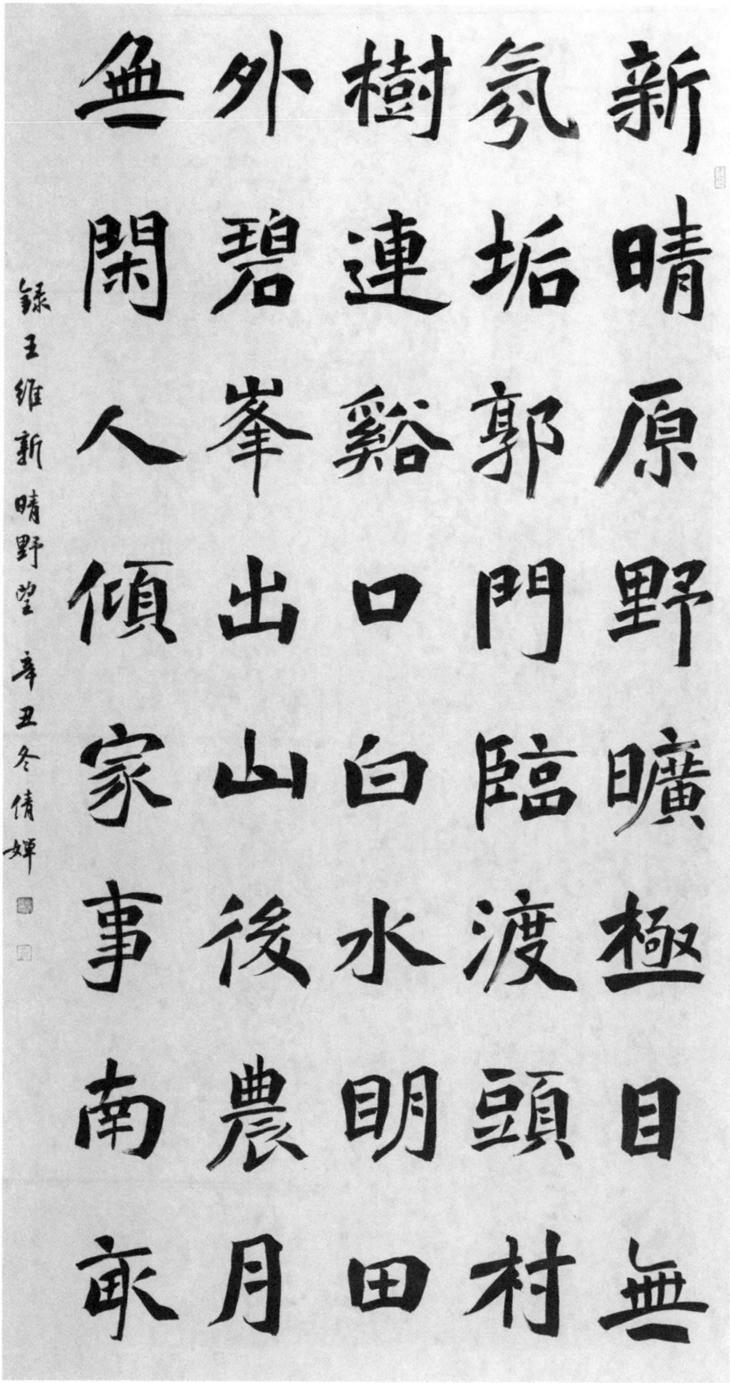
新晴原野曠極目無
氛垢郭門臨渡頭村
樹連谿口白水明田
外碧峯出山後農月
無閑人傾家事南畝
錄王维新晴野望 辛丑冬倩婵

《录王维〈新晴野望〉》 黄倩婵

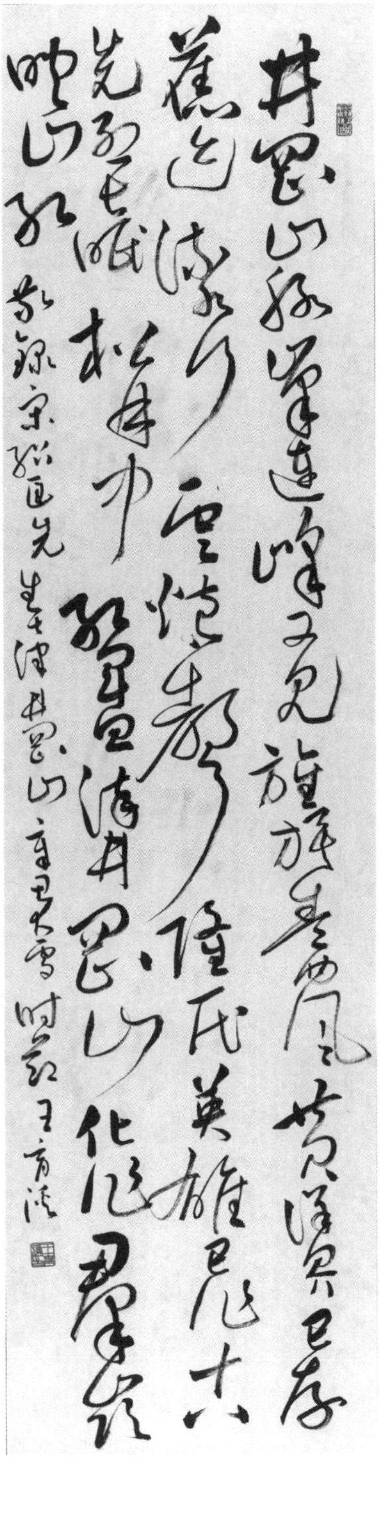

《敬录宋绍匡先生七律井冈山》　王育溪

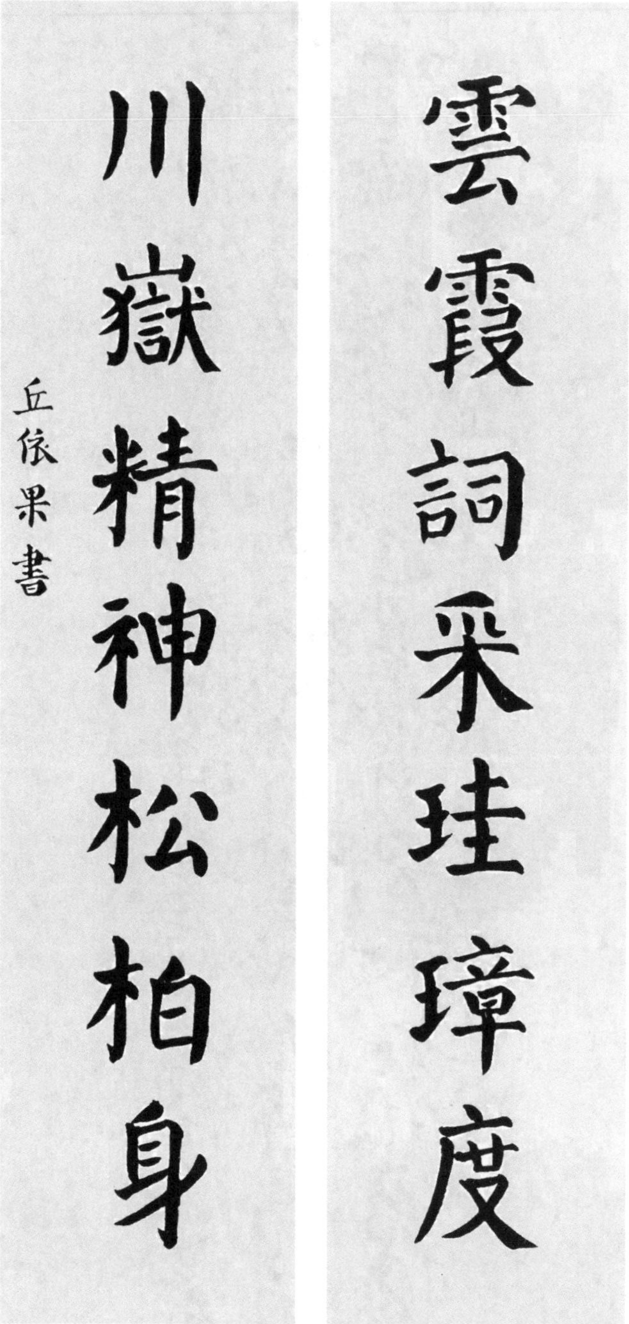

《书法》 丘依果

·摄影园地

《村口》　赖庆龙／摄

《兰韵翁源》　罗智聪 / 摄